JN318880

大仕合

剣客太平記

岡本さとる

時代小説文庫

角川春樹事務所

目次

第一話　秘剣蚊蜻蛉《かとんぼ》　7
第二話　兄貴分　75
第三話　あこがれ　145
第四話　大仕合　214

主な登場人物紹介

峡《はざま》 竜蔵《りゅうぞう》◆三田に師・藤川弥司郎右衛門近義《ふじかわやじろうえもんちかよし》より受け継いだ、
直心影流の道場を持つ、熱き剣客。

竹中庄太夫《たけなかしょうだゆう》◆筆と算盤《そろばん》を得意とする竜蔵の一番弟子であり、峡道場の執政を務める。

お才《さい》◆三田同朋町に住む、常磐津の師匠。竜蔵の昔馴染み。

綾《あや》◆藤川弥司郎右衛門近義の高弟・故 森原太兵衛《もりはらたへえ》の娘。

佐原信濃守康秀《さはらしなののかみやすひで》◆将軍からも厚い信頼を得ている大目付。お才の実父。

眞壁清十郎《まかべせいじゅうろう》◆佐原信濃守康秀の側用人。竜蔵の親友。

神森新吾《かみもりしんご》◆貧乏御家人の息子。竜蔵の二番弟子。

清兵衛《せいべえ》◆芝神明の見世物小屋〝濱清《はませい》〟の主。芝界隈の香具師《やし》の元締。

網結の半次《あみすきのはんじ》◆四十半ばの目明かし。竜蔵の三番弟子。

国分の猿三《こくぶのえんぞう》◆半次の乾分《こぶん》。下っ引き。

赤石郡司兵衛《あかいしぐんじべえ》◆直心影流第十一代的伝。藤川弥司郎右衛門の高弟。

大仕合

剣客太平記

第一話　秘剣蚊蜻蛉《かとんぼ》

一

時は享和《きょうわ》から文化の世となった。

その年（一八〇四）の桜が咲き始めた頃。

江戸は三田《みた》二丁目にある峡道場《はざま》は、今までにない活況を呈していた。

道場主の峡竜蔵《りゅうぞう》は三十三歳になった。

この一年余りの間、竜蔵は道場での稽古《けいこ》と指南に励んだ。

従来の門人に加えて、新たに内弟子として竜蔵と起居を共にするようになった雷太《らいた》。

竜蔵に心酔して一度に入門を願った岡村《おかむら》、古旗《ふるはた》、八木《やぎ》、渡辺《わたなべ》、松原《まつばら》——御家人《ごけにん》の子息五人をしっかりと鍛え、道場の質は見違えるほどに向上した。

現在門人は十一人。

これに加えて、竜蔵が出稽古に赴《おもむ》く時の大目付・佐原信濃守《さはらしなののかみ》の家来達が邸内での月三度の稽古だけでは飽きたりず非番の折には訪ねて来た。

さらに、同じ直心影流《じきしんかげ》の芝愛宕下《あたごした》・長沼正兵衛《ながぬましようべえ》の門人達も、中川裕一郎《なかがわゆういちろう》を筆頭に多忙を極める正兵衛からの勧めで、竜蔵の指南を受けにやってきた。

他にも、下谷《したや》長者町の藤川《ふじかわ》道場、車坂の赤石《あかいし》道場、本所《ほんじょ》出村町の桑野《くわの》道場からも時折、門人達が稽古に来たから、多い日になると稽古場には三十人近くの剣士達が集《つど》うことになる。

一人の弟子もなく、喧嘩《けんか》の仲裁で糊口《ここう》を凌《しの》ぎつつ、ただ一人稽古場で真剣を抜き放ち修行に励んでいた頃を思うと、真《まこと》に隔世の感があった。

峡竜蔵はというと、生来の直情径行が祟《たた》って、今まではあれこれ争いの中に自ら身を投じてしまうことが多かった。

真剣での立合もその間に何度したことかしれぬが、そういう修羅《しゅら》場《ば》を潜《くぐ》った経験が、彼の剣術における実践の理念を高めたと言える。

それを間近に見てきた弟子達もまた、直心影流峡派の剣術を日に日に自分なりに吸収していった。

創設の頃からの弟子である神森新吾《かみもりしんご》は、二十三歳になり剣に風格さえ出てきた。

今ではどこに連れて行っても恥ずかしくないだけの剣の腕を揃《そろ》えるまでになった。

最年少の雷太は十二歳になり、まだ子供ながらも動きも体つきも成長し、将来の大器を期待させた。

唯《ただ》一人、武士ではないものの古参の弟子として稽古に励んできた網結《あみすき》の半次《はんじ》は、齢《よわい》四十半ばにして、同年代の武士にもまるでひけを取らぬ剣術を体得するまでになった。

もちろん、腕っこきの目明《めあ》かしである半次のことである。何度となく十手《じって》を揮《ふる》って、危険な争闘の場を潜ってきているわけであるから、泰平《たいへい》の世に慣れきった武士などいかほどのものでもないのだが、竜蔵の実戦を見すえた指南を得てますます盛んである。

となると、峡道場の板頭《いたがしら》である竹中庄太夫《たけなかしょうだゆう》のことに触れねばなるまい。

相変わらず稽古場の壁に掛かっている名札の先頭には、燦然《さんぜん》と竹中庄太夫のそれが輝いていた。

代書屋《だいしょ》を生業《なりわい》にしている庄太夫は、峡道場に新たな入門者が現れる度《たび》に嬉々《きき》として門人の名札をその達筆にて認《したた》め稽古場の壁に掛けていたのだが、庄太夫の名札だけは少しばかり字体が異なり、何やら勇壮に見える。

自分で書いたものであると、どうもありがたみがない――。

そう思って、庄太夫は自分の名札だけは竜蔵に書いてもらったのである。

ところが、門人の数が増えると先頭にあって、しかも一人字体が違う竹中庄太夫の名札は特に目立つようになってきた。

そもそもが、入門時は四十二歳で、

〝年寄りを労《いたわ》るつもりの稽古〟

を竜蔵につけてもらってきた庄太夫であった。

「先生、これは由々しきこととなって参りましたぞ……」

と、自分の名札だけは少しずらした位置に掛けるなど、工夫をした方が好《よ》いのではないかと竜蔵に進言したのであるが、

「何を言ってるんだい庄さん、門人が増えたといってもまだ十一人だよ。師範代だ何だと名札を掛けているわけでもないんだ。ずらすといったってずらしようがないさ」

竜蔵はこの申し出を一笑に付した。

たとえ門人が千人を超えようが、これまで自分を支えてきてくれた竹中庄太夫の名札はどこへもずらす気のない竜蔵であった。

入門より五年たって、庄太夫の剣の腕は未《いま》だに伸びていないというとそうではなかったのである。

〝年寄りを労るつもりの稽古〟

防具をつけて打ち合うには今ひとつ体力がない庄太夫に、竜蔵は彼の望み通りの、

を変わらずつけてやっていた。そして竜蔵は庄太夫との出会いによって、法は人を見て説けという指南の極意を知った。

それは待ち望んだ入門希望者が四十過ぎのおやじで、自らぬけぬけと稽古の内容まで指示してきたことの衝撃が強かったからこそ知りえたものである。

庄太夫の入門が初めになかったら、弟子達には自分が行ってきた猛稽古をいきなり課して、かえって成長の芽を摘んでしまっていたかもしれなかったと思っている。

それだけに、竜蔵は庄太夫を労りながら、剣術指南にも愛情をこめてきた。

頭の好い庄太夫には、まず型をその理念と共にじっくりと教えた。

「ふむ、なるほど、この技にはこういう意味がござりまするか……」

庄太夫は途中からは書を読み漁《あさ》り、その理においては竜蔵より詳しくなり、型の演武だけを見るに、ひとつひとつの表現力がなかなかのもので、ちょっとした達人を彷《ほう》彿《ふつ》させるまでになった。

若い剣士に型の教授をする時など、近頃では庄太夫に模範をさせることもあるくらいなのだ。

とはいえ、防具をつけての打ち合いとなると、体格は相変わらずの〝蚊蜻蛉《かとんぼ》〟でどうにも非力であるから、四十七歳の竹中庄太夫はまず打ち込まれてしまう。

峡道場の門人達は皆、兄弟子《あにでし》の庄太夫と立合う時は彼の体力や技量に合せてくれるからよいのであるが、初めて稽古場に訪れる他道場の剣士は、板頭だと思って緊張を漂わせて打ち込んでくる。

これによって、哀れ庄太夫は時として吹き飛ばされることもあるのだが、

「いやいや、なかなかやりますな。某《それがし》、時として思い切り遠くへ吹き飛ばされてみとうなりましてな。はッ、はッ、はッ……」

などと、大抵の場合は庄太夫特有のごまかし方で相手を煙《けむ》に巻いてきた。

それがこの日。

「庄さん、随分と強くなったよ……」

久し振りに竜蔵自身が、面、籠手《こて》をつけた稽古で庄太夫の相手をしてやり、立合うやふっと笑って庄太夫を誉《ほ》め称《たた》えたのであった。

「先生、そこまで労っていただかなくともようござりまするよ……」

庄太夫は満面に笑みを浮かべながらも、この一回り以上年下の師匠の優しさを噛《か》みしめたものである。

しかし、実際に竜蔵は、竹中庄太夫が自分の居所を求めて、この道場の押しかけ弟子になった頃のことを思うと、確実にその剣の腕は上がったと確信をしていたのであ

る。

「いや、労りでも方便でもなく、庄さんなりに好い技を磨いているよ」

「左様でございますかな」

「ああ、未だ足許《あしもと》はふらふらとおぼつかないものの、これが何ともよい味だ」

「それが狙《ねら》いでござりまするよ」

「なるほど、秘剣だな」

「はい」

「何という技だ」

「まあ、その、〝秘剣蚊蜻蛉〟とでもお呼び下さりませ」

「〝秘剣蚊蜻蛉〟、こいつはいいいや」

一廉《ひとかど》の剣客となり、師範の風格が全身に漂い始めた峡竜蔵であるが、このあたりは屈託がない。

竹中庄太夫との間は、日々笑いに包まれていて、ますます公私共に深い師弟の絆《きずな》を育《はぐく》んでいたのである。

「峡道場には竹中殿と雷太殿がいるゆえ、竜蔵には妻がいらぬのであろうよ……。先生がそう仰《おっ》しゃっていました」

この日は森原綾《もりはらあや》が来ていて、竹中庄太夫とのやり取りを見るとこう言って失笑した。

先生とは本所出村町に学問所を開いている竜蔵の母方の祖父・中原大樹《なかはらたいじゅ》のことである。

藤川弥司郎右衛門《やじろうえもん》の高弟にして竜蔵の兄弟子であった森原太兵衛《たへえ》の忘れ形見である綾が、竜蔵の勧めで大樹と竜蔵の母・志津《しづ》が暮らす本所出村町の学問所に寄宿してからもう五年にもなる。

竜蔵と綾が一緒になってくれることを願い、大樹は何かというと綾に遣いを頼んで峡道場に遣《や》るものの、竜蔵にとって綾は相変わらず藤川道場でかつて暮らしを共にした、

〝綾坊〟

という妹分でしかなく、大樹の口からは近頃このような悲嘆が口をついているらしい。

この悲嘆が、竜蔵と自分の仲が進展しないがためのものであることを知りつつ、それを面と向かって竜蔵に言える綾も、それだけ大人の女になっていた。

今は学問所を手伝い、国学の中に新しい発見をすることが楽しくて、未だに〝綾坊〟と呼ばれることに何の不満もなくなっていたのである。

そしてその分ずけずけと竜蔵にものを言えるようになっていた。

もちろんそれは、竜蔵が未だ独り身で、昔と変わらぬ剣術小僧の名残《なごり》を止《とど》めているからではあるが――。

綾は竜蔵から頼まれて、近頃は時折雷太の身の回りの物などを調《ととの》えに来ていた。

しっかり者の雷太であるが、まだ子供である。身寄りのない身でまるで女っけのない所で日々過すのも考えものだと、竜蔵は衣服の調達や繕《つくろ》いなど綾に任せていたのである。

子供の頃、父と共に道場で過した綾である。時折は学問所を出てここで費《つい》やす一時は楽しいものとなっていた。

さらにこの日、綾はまず竜蔵に件《くだん》の大樹の嘆きを伝えたが、本題は他にあった。

何か言いたげな綾の様子はすぐにわかる。

竜蔵は稽古の合間を見計らって、綾を母屋の自室に招いた。

「出村町に変わったことでもあったのかい」

竜蔵が訊《たず》ねると、綾は待っていたとばかりに、

「そうなのです……」

と身を乗り出した。

「もしかして、緑《みどり》のことじゃあねえのかい」

「よくわかりますね」

「今しがた庄さんの話を持ち出したから、そうじゃあねえのかと……」

「はい、その通りなのです」

緑とは綾と同じく学問所で寄宿している竹中庄太夫の娘のことである。

庄太夫はかつて松栄《まつえ》という町医者の娘と所帯を持っていたことがある。緑はその松栄との間に出来た子供なのであるが、書家を目指しながら一向に芽が出ない庄太夫を見限って、松栄は緑を連れて上方《かみがた》へと行ってしまった。

算術に素晴らしい才能を示した緑を、大坂の和算家・岸本菊秋《きしもときくしゅう》の許に弟子入りさせるためであった。

やがて緑は和算家としての道を歩み始め、十六になる年に、菊秋の娘・百合《ゆり》が江戸で和算の塾を開くことになり、これについて江戸へ戻った。

しかし、共に戻った松栄は江戸到着後間もなく病に倒れ空《むな》しくなった。

別れたといっても、松栄は依然〝竹中庄太夫の妻〟を名乗っていた。

「離縁されたと思われることは口惜《くちお》しゅうございますゆえに……」

などと口では言いながら、江戸へ戻れば離れて暮らしていた父娘がまた繋《つな》がることもあるだろうと、夫婦でいることへの未練を持ち続けていた。

　それだけに松栄の死を緑から知らされた時、庄太夫は悲嘆にくれたものだが、それからは断絶していた父娘の間柄も修復した。

　立派な和算家になることを目指す緑は、深川西町の岸本百合の学問所へ通っていたのだが、それならば本所出村町に寄宿して通えば好いと、竜蔵が中原大樹に口を利いてくれて、以後は綾とも姉妹のような間柄になっていた。

　その綾がもたらした緑の情報とは、

「緑さんに想《おも》いを寄せる方が現れたのです……」

　というものであった。

「緑に男が……」

　竜蔵は身を乗り出した。

　緑ももう十九になるのである。そういう話が出たとて何もおかしくはない。

「男などと言うべきものではありませんよ」

　綾は竜蔵を窘《たしな》めたが、その声はどこか弾んでいた。

　中原大樹は緑の才を大いに認め、自分の門人達の内で希望する者に、分かり易《やす》い和算の講義をしてやってもらいたいと頼んだ。

暮らし向きの足しにもなることであるし、緑はこれを快諾して、今年に入ってから月に一、二度講義を受け持つことになったという。

「なるほど、その中に弟子の分際で師匠に懸想《けそう》しやがった奴がいるのだな」

竜蔵も楽しそうである。

その弟子は左右田平三郎《そうだへいざぶろう》という。

齢二十五。菊川町三丁目で手習い師匠をしている浪人の息子である。

平三郎の住まいは深川西町の和算家・岸本百合の住まいにほど近く、ここに通う緑を認め以前から気にかけていたという。

平三郎の緑への態度がどうもぎこちないと、こういうことには目敏《めざと》く、かつお節介である竜蔵の母・志津が言い出して、これを大樹に耳打ちした。

大樹は放《ほう》っておくことも出来ず、そっと平三郎を呼び出して問い質《ただ》したところ、

「出来ることでござりますれば、わたくしの妻になって頂きたいと願《ねご》うておりまする……。さりながら、緑殿がどう思われるか……」

下手に申し出て気分を害されれば、ここへ通い辛くなると、平三郎はその心情を吐露したそうである。

「はッ、はッ、相変わらずお袋はお節介だねえ……」

竜蔵は苦笑いを浮かべたが、

「で、その左右田平三郎てえのは、出来る奴なのかい」

興味はつきない。

「物静かで、学問所の中ではなかなか秀《ひい》でたお方のようですよ」

「なるほど、それで緑はどうなんだい」

「それがいつもとまったく変わらぬ様子で、平三郎さんのお気持ちに気付いているのやらいないのやら……」

「そうか、緑はあれで気難しいところがあるから、知っていて知らぬふりを決め込んでいるのかもしれねえな」

「わたしもそう思うのです」

綾は真顔で相槌《あいづち》を打った。

「それで、爺《じい》さまとお袋は庄さんからこの話を緑に投げかけて、気持ちを確かめるのが得策だと綾坊に託《ことづ》けたのだな」

「そういうことです」

「よし、そんなら早速、庄さんをここへ呼ぶとするか」

「はい」

「秀でたお方なら悪い話じゃあねえな」

「平三郎さんは緑さんの和算の勉学は妻になっても続けてもらいたいと申されています」

「それならなお好い。女一人で和算を学ぶのもこの先大変だろうしな」

「わたしもそう思うのです」

竜蔵と綾は、庄太夫を呼び出すまでの間、左右田平三郎と緑のことをあれこれ語り合った。

さぞかしこの様子を中原大樹と志津が見れば、お前達二人の先行《さきゆき》をしっかりと話し合えばどうなのだ――そんな言葉が同時に口を衝《つ》いたであろう。

桜の花が満開となる頃に、さてこの話はうまく実を結ぶや否《いな》や――。

二

善は急げとばかりに、峡竜蔵はその翌日、明け方から雷太と稽古場へ出て素振りを済ませると、竹中庄太夫と共に本所出村町へ向かった。

今日も芝神明《しばしんめい》の見世物《みせもの》小屋〝濱清《はませい》〟の主にして、芝界隈《かいわい》を取り仕切る香具師《やし》の元締・浜の清兵衛《せいべえ》が、金杉橋北詰の船着場から釣船を出してくれた。

釣船は〝大浜《おおはま》〟という釣具屋のもので、ここが清兵衛の住まいとなっているのだ。

竜蔵は見映えの好い鯛《たい》を二尾用意してもらって、これを手土産《てみやげ》にした。

まず、竜蔵と庄太夫は中原大樹と志津に挨拶《あいさつ》をした後、竜蔵は隣接する剣友・桑野益五郎《ますごろう》の道場で一手指南をして、庄太夫は緑の許を訪れるという段取りとなっていた。

この日、緑は昼過ぎには深川西町の学問所から戻ってくるらしい。

昨日、綾から左右田平三郎のことを聞かされた時には、娘を嫁に出すなどという実感がまるで湧《わ》いてこなかった庄太夫であった。

算法の才を持ち合せた娘を、何とかその道で大成させてやりたいという思いが強く、父娘で暮らすことを避けた上で、あれこれ世話を焼いてきたのであるが、

「あれからもう三年もたっておりましたか……」

思えば娘がとっくに大人の女になっていたことに気がいってなかったようだと庄太夫は感慨深げであった。

それと共に、自分の一生の中で家族を持ち父親の顔を持つことなど諦《あきら》めていたのにもかかわらず、我が娘に縁談のことなどを話せる日がきた幸せが庄太夫を心地よく包んでいた。

「庄さん、とんとんと話が運べば、来年の桜の頃には孫を抱いているかもしれない

ね」

船の上で竜蔵はそんな風に冷やかしたものだ。

「孫ですか……」

かつて長い間、妻子と別れて暮らしていた庄太夫である。この手に孫を抱く幸せの余地が残されていたことに今さらながら気が付いて、興奮の色を浮かべた。

「そうだよ。好いなあ、舌足らずな声で、じい、じい、なんて言われたらどうするんだよ」

「それはもう、嬉《うれ》しくて涙が出ます……」

「孫が男なら大変なことになるぞ」

「大変なこととは……」

「考えてみなよ。父親から国学を学び、母親から算法を学び、爺さんからは字を習い、おれは剣術を教えるよ」

「なるほど、これは出世間違いなしでござりまするな」

話は二人の間でどんどんと盛り上がって、その勢いのまま出村町に着いた。

大樹、志津、綾が、竜蔵と庄太夫を待ちかねていたとばかりに出迎えた。

緑はまだ深川西町の学問所から帰っていなかったので、大樹と志津はここぞとばかり庄太夫に矢継ぎ早に語りかけた。

「いや、竹中殿からお預かりしている娘御でありますからな。間違いがあってはならぬと思いましてな」

「左右田殿はなかなかのお人ゆえ、悪い相手ではないかと……」

「しかし志津、彼《か》の者は若さの割にいささかおとなし過ぎる。わたしはそれがちと気になるのじゃ」

「父上はそのように申されますが、竜蔵のような暴れ者に比べるとおとなしいくらいの方がはるかによろしゅうございます」

「そういう志津も、この竜蔵の父親と一緒になりたいと申した折は、男というものは少々暴れ者の方が頼りになるものですと申しておったではないか」

やがてその問いかけが、父娘の昔話へと変わって賑《にぎ》やかなことこの上ない。

庄太夫は江戸にこれという親類がいないだけに、親身になって緑の幸せを祈ってくれる峡竜蔵とその身内の存在はただただありがたかった。

「真に痛み入りまする……」

庄太夫は深々と頭を下げるや、今日はこれから受講に現れるという左右田平三郎の様子をそっと窺《うかが》ってみた。

確かに大樹が危惧《きぐ》しているおとなしさが、あまり背も高くなく痩身《そうしん》の平三郎からそこはかとなく醸《かも》されているような気がしたが、

――娘というものは父に似た男を好むものかもしれぬ。

そういう点ではほどの好い男であると庄太夫は思ったのであったが――。

やがて深川西町から戻ってきた緑は、庄太夫が来ていることを知るや、

「これはお越しでござりましたか……」

ほがらかな笑顔を浮かべて自室に請《しょう》じ入れ、てきぱきと茶を供した。

活発な身のこなしと、はっきりとした美しい顔立ちは亡妻・松栄に日毎《ひごと》似てきた感がある。

学問所裏手の母屋の内で、一番奥まったところにある緑の部屋からは、窓越しに庭の桜の木が見える。

その咲き始めた桜の枝が緑の背景を彩り、今日は一段と彼女を美しくしていた。

――親の手を離れるとなると、名残の花のように一層美しく見えるものかもしれぬ。

庄太夫はそんな微妙な父親の想いをも楽しみつつ、

「緑、ちと気になることを耳にしたので、父の口から聞いてみたいと思ったのだが……」

と、左右田平三郎の一件について切り出したところ、

「何と、あのお方はそんなことをぬけぬけと中原先生に申されたのですか……」

しかめっ面《つら》によろ、にべもない応《こた》えが返ってきた。

「緑……、お前はもしや、左右田殿の想いをわかっていたのか……」

庄太夫は何やら夢から覚めたような心地になって首を傾《かし》げた。

「父上、わたくしももう十九でございます。殿御の様子を見れば何とはなくわかります」

「そうであったか……」

「それゆえ、まったく知らぬふりをしていたのでございます」

「何ゆえそのような……」

「知れたことにござりまする。わたくしがまったく相手にする様子がなければ、そのうち思い切って下さると思ったからです」

「左右田殿のことは何とも思わぬのか」

「思いませぬ。相手が想いをかけてきたら、こちらもそれに返さねばならぬのでしょうか」

「いや、それはお前の想い次第ではあるが……」

「それを思い切るどころか、そのようなことを先生にお話しになるなど、よほど面の皮が厚いのか、よほど察しが悪い朴念仁《ぼくねんじん》であるかそのどちらかだということです」

「面の皮が厚いようには思えぬが……」

「では朴念仁です」

「そのように言ってしまっては身も蓋《ふた》もないではないか。左右田殿はなかなか学問に秀でていると聞いたし、お前と夫婦《ふうふ》になったとて、和算を修めることをゆめゆめ妨《さまた》げることはないとまで言っていると聞いたぞ」

「当り前です。妨げられては堪《たま》ったものではありません」

「何が気にいらぬのだ」

「こういう外堀から埋めていこうとする、うじうじしたところが嫌なのです。想いを寄せているなら面と向かってわたくしの気持ちを確かめればいいことです」

「左右田殿は浪人とはいえ武士だ。そういうことははしたないと思ってのことであろう」

「わたくしには意気地がないとしか思えません。わたくしはもっと男らしく、たくましいお方がようございます」

「男らしく、たくましい……」

まるで父親とは違う男ではないかと、庄太夫は内心苦虫を噛みつぶした。

「たとえば、新吾さんのような御方ならば……」

緑はその名を口にして、娘らしく恥じらいを見せた。

「新吾さん……？　神森新吾殿か。あの御仁《ごじん》は小身《しょうしん》とはいえ天下の御直参《ごじきさん》の跡継ぎで、残念ながらお前とは身分違いだ。どなたかの養女にでもして頂かぬ限り無理なことだ」

「わかっております。たとえばの話です。わたくしとて、立派な父親がいると申しますのに、方便にしろ他家の養女などにはなりとうございません」

「うむ……」

庄太夫は、立派な父親と言われて思わず口許が綻《ほころ》んだが、緑にはまるでその気がなく取りつく島がないようで、左右田平三郎のことが気の毒に思えた。

「だが緑、左右田殿は中原先生のお弟子だ。先生からこの父に回ってきた話をおろそかにするわけには参らぬぞ」

「それもわかっております」

「では、このことは父と中原先生の間でまず話をして、なかったことにして頂こう
……」

やれやれ、孫をこの手に抱くなどいつのことになるやら――。勝手に夢をふくらませたことを嘆きながら、庄太夫は愛娘《まなむすめ》の意のままにしてやるしかないと、今日の話をまとめにかかったが、

「そのことならもうお話はすんでおりますゆえ、お気遣いなきように願います」

緑はきっぱりと応えた。

「話はすんだ……？」

「はい。ちょうど昨日のことでございます。学問所での講義を終えられた平三郎さんを道端で待ち受けて、少しばかり顔を貸して頂きました」

「なんだそれは、喧嘩のけりをつけるわけでもあるまいに……」

「女にとって殿御とのことは大きな戦いでございます」

「それで、何と言ったのだ」

「不躾《ぶしつけ》ではございますが、左右田さんはわたくしに何か仰しゃりたいことがおありなのでは……」

「まったく不躾だな……」

すると平三郎は、たちまち顔を朱に染めて、

「いや、や、や、某はその……」

言葉に詰まりながら、不快な思いをさせたのであれば謝りますが、以前から貴女《あなた》のことが気にかかっていた。貴女が承知してくれるならば、いつか妻にもらい受けたい

――そのことを延々と時をかけて伝えたのだという。

「まったく、日が落ちるのではないかと思いました」

「それは、いきなり問われて面喰《めんく》らったのであろう。とにかく想いを伝えたのだから、立派なものだと思うがな」

「何が立派なものですか、いつか貴女を妻にもらい受けたい……。いつかというのはいったい何時《いつ》のことなのでしょう。いつかなどと言うのは逃げの言葉です。男ならば、今すぐにでも貴女を妻としたい……。そう言えば好いではありませんか」

「うむ……。とにかくお前は左右田殿のことが気に入らぬのだな」

「男らしくないお方には心が動きませぬ。わたくしには和算の道があるのですから、そもそも人の妻になることなど今は望んでおりませぬ」

「今は望んでおらずとも、いつかは嫁いでもらいたいと父は望んでいるのだが……」

「いつかとは何時のことでしょう」

「だから……。お前が望む時だ……」

知恵者で弁が立つ竹中庄太夫も、亡妻そっくりのものの言いようになってきた娘に

はどうもうまく喋《しゃべ》れない。

「とにかく、わたくしは貴方様《あなた》のお申し出をお受けいたしかねます……。はっきりとそうお答えしましたので、このお話はもうすんだことでございます」

緑は周囲の人達があれこれ気にかけてくれていることは真にありがたいが、左右田平三郎との縁談などというものはすでに存在していないので、きれいに忘れてもらいたいと庄太夫にきっぱりと言ったものだ。

「そうであったか……。この父がお前の気持ちを聞き出すまでもなかったのか……」

しんみりとした声で庄太夫が溜息交じりに言うので、緑も少しそれを気遣って、

「綾さんには今日にでもお話ししておこうと思っていたのですが、中原先生と志津様にもわたくしからお話しした方がよろしゅうございますか」

と、庄太夫を労るように言った。

そうされるとやはり娘がかわいく、

「いや、せっかくこうして今日は訪ねて参ったのだ。わたしの口からお騒がせを致しましたとお伝えしておこう」

庄太夫はにこやかにこれに応えた。

庄太夫も人の親である。

緑がこの調子で、大樹と志津に左右田平三郎との一件を報告することは、想像するに気が引けた。

今宵《こよい》は竜蔵が持参した鯛を一尾は刺身、一尾は塩焼きにして、娘の話題に照れながら一杯飲めるかと思ったのだが、

――まあ、変わり者の父親には変わり者の娘が似合いなのだ。人並の幸せとやらを手にしようと思うことが間違っているのだ。

そう自分に言い聞かせ、緑の話題を忘れさせるような宴《うたげ》での趣向を考え、頭を捻《ひね》る庄太夫であった。

三

「いやいや、まったく面目ないことでございました……」

「庄さんが謝ることはないさ。だいたい、あのお袋殿がいらぬお節介をするからいけねえんだよ」

翌日、峡道場では峡竜蔵、竹中庄太夫師弟のこんな会話が朝から続いていた。

このところ平穏にして変化に乏しい時が流れていた本所出村町に、降って湧いた緑の縁談であった。

これに皆一様に盛り上がったのだが、緑はというと乙女らしい恥じらいを見せるわけでもなく、

「まるで意気地のない男……」

と、俄《にわか》に時の人となった左右田平三郎を一刀両断にした。

これを庄太夫は、緑が心ない娘だと思われぬように、あれこれ言葉を飾りつつ、娘は左右田平三郎の想いに気付いたものの、自分はまだ和算一筋に打ち込みたいと平三郎の求婚を断ったようだと大樹、志津、綾に報告した。

「なるほど、左様でござったか……」

これを聞いて大樹は、我が門人ではあるが縁がなかったものは仕方がない。かえって嫌な思いをさせてしまったと庄太夫に詫《わ》びた。

志津と綾は、緑が和算に打ち込みたい気持ちはよくわかりますと、何でもないことのようにすませたものだが、興味本位で話を盛り上げてしまったことに、内心どうも決りが悪かった。

特に志津は、黙っていればよいものを左右田平三郎から緑への想いを訊《き》き出したことで、かえって平三郎に恥をかかせてしまったことを悔やんで、せっかく竜蔵を迎えての宴を開いたにもかかわらず、

「そうれ見ろ、緑は左右田平三郎のようなおとなしい男は好かぬのではないかと申したではないか……」

大樹にも小言を食らって、さすがに沈黙したのであった。

しかし、それも緑を思ってくれてのことであり、庄太夫は宴席を盛り上げようと、代書屋仲間が〝白虎《びゃっこ》〟を〝百虎〟と、〝永代〟を〝氷代〟と書き違えた話などを物語り、大樹や志津を大いに笑わせたのであった。

「面目ないのはこっちの方で、大変な想いをしたのは庄さんだよ」

早朝からやってきて、詫びる庄太夫に、竜蔵は雷太が支度した朝餉《あさげ》を振舞いながら、気にすることはないと慰めの言葉をかけたのである。

「ふッ、ふッ、それにしても庄さん、緑もおもしろい奴だね」

「はい、先生や新殿のような強くてたくましい男を間近に見ておりますと、優しげな男は物足らぬのでございましょう」

「何の、おれや新吾ではなく、緑は庄さんと比べているんだろうよ」

「わたしで、ございますか……？」

庄太夫は首を傾げたが、

「そうだよ。考えてごらんな。緑は強い庄さんしか知らねえんだぜ」

「そう言われてみれば……」

以前、緑が破落戸《ごろつき》に攫《さら》われた時――。

竜蔵は、長く会っておらず心が通い合わないでいた父娘の絆を深めてやろうとして、露払いをした上で、庄太夫が緑を攫った破落戸の頭目を打ち倒せるよう取りはからってやったことがあった。

それから後、緑は庄太夫が門人と立合っているところを見たことはなく、型の稽古をしている律々《りり》しき父の姿しか知らないのではなかったか――。

「はッ、はッ、確かに緑は、わたしが先生に剣を教わって相当遣えるようになったと思い込んだままでござりますな」

「思い込みじゃあねえよ。何といっても庄さんは直心影流峡道場の板頭だからな」

「先生、おからかいにならないで下さい。これは早いところ、緑にわたしの真の力を見せておかねばなりませぬな……」

あれこれ話しつつ竜蔵と庄太夫は、思えば出会ってからこの方、随分と馬鹿馬鹿しいことをしてきたものだと、互いにおかしくなって笑い出した。

「今度のことも、何年かすればまた笑い話になっているんだろうよ」

「まったくでございます……」

しかし、竜蔵と庄太夫の思いに反して、それはそのまま笑い話として収まらなかったのである。

何とこの日の夕方――。

三田二丁目の峡道場に、噂《うわさ》の左右田平三郎がやって来たのだ。

稽古場の隣室になる拵《こしら》え場に通された平三郎はまず竜蔵に伏見の酒を手土産に差し出し、

「時折お姿をお見かけしながら、まともにご挨拶もしておりませず、御無礼を致しております」

と、恭々《うやうや》しく挨拶をした。

竜蔵が、中原大樹の孫で直心影流の道場師範であることは予々《かねがね》聞いていたのだが、なかなか会える機会がなかったのだという。

そして平三郎は、竹中庄太夫と引き合せてもらいたいと威儀を正した。

このあたりはまず竜蔵に話を通しておくという行き届いた配慮であり、一見おとなしそうに見える平三郎が、意外やしっかりとしていることに気付いて、竜蔵は彼を見直す思いであった。

竜蔵はすぐに庄太夫を呼び出したが、平三郎は庄太夫に対しても塩瀬の饅頭《まんじゅう》を差し

出し、

「お好きだとお聞きしておりました……」

と言って恭々しく礼をした。

庄太夫もまた、見た目と違ってなかなかにしっかりとした様子の平三郎を見直す思いであった。

「これはありがたい。某が塩瀬の饅頭が好きであることをよく御存知でござったな」

と問えば、

「いえ、何やらそのようなことを、緑殿が綾殿とお話しになっているのを耳にいたしまして……」

などと答えるところも小気味よく思われた。

庄太夫と二人にしようと気遣う竜蔵に、

「いや、先生もこの場においで下さい……」

と庄太夫が願い、

「ようござるな」

と平三郎に断わると、

「わたくしも峡先生においで願いとうござりまする」

と、平三郎は力強く言った。

緑に言わせると、まるで意気地がなく求婚の意を伝えるのにも日が落ちてしまうのではないかというくらい時を費したそうであるが、それも好きな女の前に出ると、なかなか思いのたけを話せなくなる男のかわいさではなかったかと思えてくる。

「すでにお聞き及びのことかと存じまするが……」

平三郎は、勝手に緑に求婚をした非礼を詫びた。

「いや、緑の方から生意気にも問い質したと聞いております……。そのように問われれば、誰でも左右田殿と同じことをするでしょう」

庄太夫はかえって無礼をしたと詫びを返した。

「いえ、それはわたくしに不審な振舞があったゆえのことかと存じます。緑殿は何事もはっきりとさせねば気のすまぬ性分の由《よし》。またわたくしもそのような緑殿ゆえ妻に望みたく思った次第にござりますれば……」

平三郎は恐縮の体《てい》を崩さない。

竜蔵と庄太夫は顔を見合せた。

中背であるが痩身で、表情もおっとりとしていて、話す声も線が細くて小さい――悪く言えば覇気がなく、見てくれは男としての豪快さに欠ける左右田平三郎であるが、それでも男らしい優しさと芯《しん》の強さを持っているではないかと、二人共に思ったのである。

緑がどうしても嫌だというなら仕方はないが、もしや緑が平三郎をしっかりと内面を見極めずに判断して、頭から拒否しているならば、少し冷静になって一考すればどうなのであろうか――。

情に厚い二人はたちまちそういう気持ちになっていた。

今は平三郎をまるで認めない緑であるが、神森新吾に憧《あこが》れはあっても、身分の違いをきっちりとわきまえて憧れは憧れと割り切ってしまう緑ならば、この先平三郎のことを冷静に見ることとて出来るに違いない。

「それで、左右田殿はただ、詫びに来たのかな」

竜蔵は、平三郎に優しい声をかけた。母・志津譲りのお節介がむくむくと竜蔵の心の内に湧いてきたのである。

「と、申されますと……」

「先日ははねつけられたが、この先も緑のことを諦めずにいたい。その許しを請《こ》いにきたわけではなかったのかな」

「はい！　もちろんその想いを胸に参りました」

声は細いがきっぱりと言い切った平三郎を見て、

「それは何よりだ……」

竜蔵は嬉しそうな表情となって頷《うなず》いた。

見れば庄太夫も満足そうに相槌を打っている。

「そのためにもわたくしは、一手御指南を賜《たまわ》り、叶《かな》わぬまでも我が武士としての意気地を示しとうござりまする」

すると、今度は平三郎、興奮の面《おも》持ちで両手をついた。

「そう勢い込まなくてもようござるよ。まあ、せっかく稽古場を訪ねてくれたのだ。後で一緒に汗を流すとするか」

竜蔵は何度も頷きながらこれに応えたのであるが、

「いえ、緑殿の前で竹中先生と立合いとう存じまする」

平三郎の祈るような目は庄太夫に向けられていた。

「え……！」

竜蔵と庄太夫は同時に困惑の表情を浮かべた。

「某に……、一手指南を……」

今度は竹中庄太夫の声が細くなった。

「緑殿に言われたのでございます。わたくしは直心影流・峡先生門下の板頭・竹中庄太夫の娘なのです。そのわたくしを妻にする御方は強い殿御でなければならないのです、と」

「緑がそんなことを……。聞いておらぬ……」

「峡先生の御高名はかねてよりお聞き致しておりましたし、桑野先生の稽古場で御門人に稽古をつけられているお姿も何度か拝見し、尋常ならざる強い御方と感服仕《つかまつ》りました。竹中先生がその御門人であられることは存じておりましたが、板頭とは知らず……」

「いや、板頭と申しても、たまさか某の入門が早かっただけで……」

「かつて緑殿を攫った不届き者を見事に打ち倒されたとか……」

「いや、あれは某一人の力ではござらぬ……」

「随分前にはただ一人《いちにん》にて、真砂屋《まさごや》由五郎《よしごろう》とか申すやくざ者の許に殴り込まれたこともあるとか……」

「あ、いや、それは……」

「わたくしも、まるで剣術を学んでこなかったわけではありませんが、竹中先生がそれほどまでにお強いのであれば、緑殿がわたくしを頼りのう思われるのも仕方のないことでござりまする」

「いや、それは緑の見苦しい父親自慢でござって、本当のところは……」

しどろもどろになる庄太夫と、なお真剣な目差《まなざ》しで慎み深い庄太夫を見つめ感じ入る平三郎——。この様子に竜蔵は思わず吹き出しそうになったが、何とかこれを抑えて、

「うむ！　よくわかり申した。竹中庄太夫には及ばぬかもしれぬが、自分にも武士としての一分《いちぶん》がある。たとえ叩《たた》き伏せられようが緑の目の前で、立派に立合うところを見せたい……。左右田殿はそう申されるのだな」

助け船を出すともなく平三郎にそう言ったのである。

「先生……」

このお方は何ということを言い出されるのだと、庄太夫は慌てた様子で竜蔵を見た。

しかし竜蔵は、まあ任せておけという顔をして、

「まずこのままでは左右田殿もまるで好いところがない。せめて男の意地を見せてやりたい気持ちはようわかりますぞ。庄太夫殿、ひとつ受けておあげなさい」

と、勝手に話をまとめ始めた。

「先生、受けるも何もわたしの腕では、その……」

庄太夫は何とか竜蔵を止めようとしたが、

「何卒《なにとぞ》、よしなに願います！」

平三郎に平伏されて言葉に詰まった。

「うむ、稽古の日時は追って出村町にお知らせいたそう。緑に男の意地を見せておやりなされ」

竜蔵は気持ちよさそうに平三郎を見ながら、きっぱりと言った。

「先生……」

そして弱った顔で訴えるような目を向けてくる庄太夫に、

「心配するなよ……」

と、目で応えたのである。

四

「お前はこの父を欺《あざむ》いたな……」

庄太夫は平三郎の挑戦を心ならずも受けることになり、そのまま深川西町へ走った。

そして、和算家・岸本百合の学問所の前で娘の緑を待ち構えて、何ということを言ったのだと問い質した。

「あら、このことはお伝えしておりませなんだか……」

しかし緑はというと、いつも変わらぬはきはきとした様子で、

「父上を欺くなど、人聞きの悪いことを申されますな。わたくしが峡道場の板頭の娘であることは真実なのでございますから」

まるで屈託がない。

「確かに真実であるが、そのようなことを言うから、左右田殿も武士の面目を汚され、お前の目の前で一手御指南を……、などと言い出したのではないか」

「ふッ、ふッ、思ったよりは骨がありますね」

「そう思うなら、もう立合などいたさずとも貴方様の男気はよくわかりましたゆえに、無用のこととなされませと伝えてさしあげよ」

庄太夫は、緑が思ったよりは骨があると左右田平三郎のことを評したので、ここを先途《せんど》と諭《さと》した。

先ほどは、峡竜蔵に同席を願ったのが誤りであった。

平三郎の心意気に心打たれたのはよいが、竜蔵は横から口を出して、あれよという間に庄太夫が平三郎と立合うことを決めてしまった。

平三郎が退出した後、

「なに、案ずることはないさ。だいたい庄さんは自分の腕をもっと信じることが大事なんだよ……」

竜蔵は困惑する庄太夫に、立合といってもこれは仕合ではなく稽古なのだ。自分からはほとんど打たずに、相手が打ち込んでくるのをかわしていれば恰好《かっこう》がつく、とこともなげに言った。

「まず何よりも、左右田平三郎の気持ちがすっきりするようにしてやることが、緑の父親としての勤めじゃあないのかい……」

峡竜蔵は庄太夫にとって剣の師である。

このように言われれば納得するしかない。

立合で相手の打ち込みを受け流しつつ、相手を疲れさせる方法などいくらでもあるからそれを明日から教えてやると竜蔵に肩を叩かれて、その場は引き退《さ》がった庄太夫であった。

しかし、今さら緑の前で立合などをして、不様な姿を人前でさらしたくはない。

竜蔵は適当にかわしておけばよいと言うが、それはそれで技がいるのである。

〝年寄りを労るつもりの稽古〟を積んできた蚊蜻蛉おやじの自分には、これをいくら教えてくれたとて、うまくこなせるとは思えなかった。

緑を想いながらも、男としての頼りなさを指摘され袖《そで》にされた左右田平三郎の、男の一分が立ちさえすれば立合などしなくてもよいではないか——。

となれば、緑の口から思い止まらせることが何よりだと庄太夫は思ったのだ。

「父上、それはなりますまい……」

しかし緑は言下に庄太夫の言葉を退けた。

「わたくしがその立合をお止めして、左右田平三郎様がそうかと引き下がるとは思えませぬ。また、そのようなお方であれば、わたくしはこの先言葉さえも交しとうはございません」

「それは……、お前の言う通りではあるが……」

庄太夫はたじたじとなった。

緑の言うことは的を射ている。

一旦、峡道場まで訪ねて誓ったことを、女に宥《なだ》められて変心するのは確かに男として情けないことだ。

的確に人の気持ちを読み、今度のことでそれなりに平三郎への見方を改めた緑は随分と大人になった。

それを思うと庄太夫は嬉しくもあり、立合うのが恐《こわ》くて娘に泣きついて小細工をしようとしている自分が情けなくなってきた。

「父上には御面倒をおかけいたしますが、まあ軽くお相手をしてさしあげて下さりませ。どうせ大したことはないはずでございます。桑野先生がお稽古場を開かれて後、あのお方は一度もお稽古をつけていただいていないと聞いております」

緑は左右田平三郎が自分に想いを寄せているような気がした時から、それとなくこのような下調べもしていたようだ。

綾や緑が外出時、用心のためにと警護についてくれる桑野益五郎の内弟子・平尾久六《ひらおきゆうろく》に訊ねたところ、中原大樹の弟子のうちで武家の子弟は皆一度は桑野道場で剣術を教わっていて、中には桑野益五郎の弟子となった者もいるが、平三郎が稽古に現れたことはないという。

同じ敷地内で学問と武芸を学ぶことが出来るわけであるから、桑野道場の創設は中原門下の若者にはすこぶる評判がよく、どちらかというとひ弱な弟子達が多かったのが次第にたくましくなってきた。

桑野に稽古場を開くことを勧めたのは竜蔵であったが、老祖父と母の周囲に屈強の若者が出入りすることは何よりの用心になると思ってのことであった。

その意味では桑野道場も活況を呈し、竜蔵の思惑通りになったのであるが、その中にあってまったく影のない左右田平三郎を緑はどうも頼りなく思ったのであろう。それが緑の平三郎への採点が辛くなった一因でもあると思われた。

「左右田平三郎などというお方は父上の敵ではございません。適当にあしらいつつ、よくやった……。などとお声をかけてさしあげればようございましょう」

自分のことでわざわざ学問所まで訪ねてくれた父の気持ちが嬉しかったのであろう。緑は饒舌《じょうぜつ》であった。

これに押されて庄太夫の口数は減っていく。

「まさか父上は、左右田さんとの立合が恐いわけではありますまいな……。ふッ、ふッ……」

緑はからかうように、言った。その表情は父とのやり取りを楽しむ童女のようであった。

「恐れているわけがなかろう……」

こうなると庄太夫も娘の想いに応えねばなるまいと、余裕の表情を見せるしかなかった。

「ただ、そのようなことで左右田殿に万が一怪我《けが》などさせても申し訳ないと思ったまでのことだ」

「父上はお優しゅうございますから……」

緑は庄太夫の言葉を素直に捉《とら》えた。

「思えばわたくしにはねつけられて、男としての一分が立たず、父上に立合を望んだのはよいけれど、そこで叩き伏せられるようなことになれば確かにお気の毒にございますな……」

「そうであろう」

「とは申しましても、お気の毒ということでは、下らぬ立合に付き合わされる父上とて同じでございます。自棄《やけ》になったのかもしれませぬが、わたくしのことで父上と張り合おうなどとはいささか思い上がった仕儀ではありませぬか……」

緑は少しばかり左右田平三郎を見直したなどと言ったものの、父・庄太夫を巻き込んだことが話すうちにまた疎《うとま》しくなってきたようだ。

「まったくあのお方は何をお考えになっているのかよくわかりませぬ。父上、あちらが望んだことです、容赦なく叩き伏せておやりなされませ。わたくし、この目で確《しか》とその様子を拝見いたしましょう」

と、またも一刀両断に斬り捨てた。

緑はどこまでも平三郎のことが気に入らぬようだ。

「これ、そのように厳しいことを言うてはならぬ。立合の日もきっと左右田殿を労《ねぎろ》うてさしあげるのだぞ。お前のものの言いようが、あの御仁の心を苦しめたのだからな……」

庄太夫はそう言って緑を窘めると、そのまま出村町まで送ってやり、道場へ戻った。

その帰り道――。

庄太夫は己《おの》が不甲斐《ふがい》なさを恥じて、身が縮む思いであった。

まったく緑の言う通りである。

竹中庄太夫は峡道場にあっては板頭なのである。

板頭がその道場において一番強いわけではなかろう。だが、最古参の弟子には弟子なりの風格がなければならないし、誰よりも長く師に剣を学んでいるという自負がなければならなかった。

長く峡道場の門人は、庄太夫の他に神森新吾と目明かし・網結の半次の三人しかいなかった。

若い新吾の他は、庄太夫も半次も剣を修めたいという気持ちでなく、峡竜蔵という男に惚《ほ》れて入門した四十男である。庄太夫は竜蔵の若さを補い用度を整えるという稽古場の管理人的な役割を担ってきたし、半次は竜蔵がその剣俠《けんきょう》の精神を発揮することによって背負い込んだ面倒を、収める役割を担ってきた。

それゆえに峡道場の門人と言えるのは実質神森新吾だけで、三田二丁目の稽古場は峡竜蔵という一人の剣客の住みかにすぎなかったといえる。

しかしそのような個人商店ともいえる道場も今では門人も十一人。新吾の他に若い武士が七人も増え、そこは一端《いっぱし》の剣術道場と変貌《へんぼう》をとげた。

となると、目明かしの物好きで剣術を習い、御用の筋の合間に稽古場に出入りしている半次はともかく、庄太夫は竜蔵に知恵を貸すばかりの存在でいるわけにはいかなくなった。

齢四十七になったといっても、まだ老け込む歳《とし》ではない。

峡竜蔵という類《たぐい》まれな強さを誇る剣客の傍《そば》にぴったり寄り添って五年が経《た》った。それなりの成果を得られないで何としよう。

左右田平三郎ごとき若造が立合を望んできたとて、堂々と受けてやればよいではないか。

師の峡竜蔵は、

「庄さん、案ずることはないさ。おれが言う通りにすれば左右田平三郎に後れをとることなどまずないよ」

と言ってくれた、それなのに何が不安で緑を訪ねてあんなことを言ったりしたのか――。

聞けば桑野道場には一度も現れたことはないそうな。

「よし、相手をしてやる……」

ここに至って竹中庄太夫は腹を括《くく》ったのである。

五

竹中庄太夫が娘・緑の前で、左右田平三郎と立合稽古を行うのは、平三郎が峡道場を訪れた日から五日後の正午、桑野道場にてと決まった。

大した相手ではないと思いつつ、庄太夫には娘の前で醜態を演じたくはないという想いがある。

長い間別れて暮らしていて父親らしいことをしてやれなかった庄太夫は、せめて娘が抱く父親への誇りを崩してやりたくはないと思っているからだ。

その気持ちが庄太夫を落ち着かなくさせているのだが、立合ひとつにしてもまず敵を知ることが大事である。

それゆえ庄太夫は、師・峡竜蔵に稽古をつけてもらいつつ、今では同年代の親友とも言える網結の半次に、左右田平三郎が出村町の学問所の外ではどのような暮らしを送っているのか、そっと調べてもらっていた。

立合を三日後に控えた夕べのこと。

稽古を終えて住まいである芝横新町の裏店《うらだな》に帰った庄太夫の許に、早速半次が訪ねてきた。

「どうです、調子は上がってきましたかい」

「ふッ、ふッ、親分、わたしに調子も何もあったものではありませんよ……」

互いにすぐ本題に入らないのは二人の流儀である。

庄太夫は半次を迎えるために用意しておいた小鍋《こなべ》を火にかけた。

薄味の出汁《だし》で豆腐、あさり、葱《ねぎ》を煮て、これに七味唐辛子をふりかけて食べるのだが、桜の花はほどなく満開を迎える頃とはいえ、暮れるとまだまだ冷えに見舞われる。

「ああ、こいつはいいねえ。竹中さんが作るものはなんでもうめえや……」

小鍋はすぐにぐつぐつと音をたて、半次は勧められるがままにこれを口にすると感嘆したものである。

「親分、この度はまた手数をかけてしまいましたな」

庄太夫は半次がまず一通り小鍋の具を味わい、二、三杯燗《かん》のついた酒を飲んだ頃を見はからってから訊ねた。

「それが竹中さん、こいつは喜んでいいのか、哀《かな》しんでいいのか……」

半次は少しもって回った言い方をした。

「まさか、左右田平三郎が、思いもかけぬ凄腕《すごうで》であったとか……」

庄太夫は小ぶりの湯呑《ゆの》み茶碗に注《つ》いだ酒をきゅっとひっかけて半次を見た。

「凄腕というほどのものでもないようですが、左右田平三郎という中原先生のお弟子は、子供の頃から剣術道場にも通っておいでのようですねえ……」

半次が聞き込んだところによると、左右田平三郎は深川南六間堀《ろっけんぼり》町にある甲源一刀《こうげんいっとう》流の剣術道場にもう十年以上も通っているという。

「ここの先生というのが、どうも他流稽古というものを嫌っておいでのようで、とりわけ直心影流には手厳しいと聞きやした」

近頃の江戸では、長沼道場、藤川道場、赤石道場、団野《だんの》道場など直心影流花盛りで、門人の数も特に多い。

自然とやっかみを受けることになる。その上に、防具着用での竹刀《しない》稽古で、他流との仕合《しあい》や稽古による交流も年々盛んになってきている時勢となったが、これを苦々しく思っている剣術師範も多いのだ。

恐らく左右田平三郎が通っているという道場もその口で、旧来からの木太刀《きだち》による型稽古を旨とする閉鎖的なところなのであろう。

「なるほど、それゆえに桑野先生の稽古場に近寄ろうとはしなかったのですな……」

手習い師匠の息子で学問一筋に過してきたと、中原大樹の学問所では通っている左右田平三郎であった。

もちろん浪人の息子であるから、一通りの剣術は習っているとは思っていた。

読み書き算盤《そろばん》を修めることこそが、体格が恵まれぬ身の生きる道であると、幼い時から浪人であった父に教え込まれた庄太夫でさえ、両刀を帯びるからには最低限の武術を学ぶことは必要であると、一時は町道場で手ほどきを受けていた。

だが半次の話によると、平三郎は庄太夫の予想を超えて子供の頃から甲源一刀流を習い、今でも三日に一度は稽古に通っていてなかなかの腕前であるらしい。

「まったく思い込みってえものは恐ろしいものでございますねえ……」

学問に熱心で、緑が教授する和算の講義も受けている左右田平三郎は、痩身で物静かで優しげな物腰をしているだけに、どこか頼りなげに見え、剣術はからきし駄目であると皆一様に決めつけていたのである。

だが実際の平三郎は、緑に想いを問われてしどろもどろになる不覚をとったものの、人に何と思われようともこれに騒がず日頃は文武に黙々と励み、男の一分が立たぬと思うや、単身峡道場に板頭である竹中庄太夫を訪ね、敵《かな》わぬまでも緑に自分の雄姿を見てもらいたいと立合を望んだ――。

娘・緑に想いを寄せる平三郎が、実はなかなか一本筋の通った男であったことは喜ぶべきことと言えよう。

しかしその一方で、このまま平三郎と立合えば庄太夫の身が危ない。

平三郎は敵わぬまでもそれなりの立合を見せて、緑に情けない男ではない証《あかし》を立てたいと純粋に思っている。

まず死に物狂いでかかってくるであろう。

「親分の言う通りだ……。喜んでよいやら、哀しんでよいやら……」

庄太夫は大きな溜息をついた。

自分も峡道場の板頭だ。立合を望むと言うならばきっちりと稽古をつけてやろうではないか――。

そのように一度は心を奮い立たせていたというのに、これを聞かされるとまた気分が沈んできた。恐れたり気負ったり――まったく小心な自分の、ころころ変化する気持ちに、庄太夫は我ながら嫌になった。

「耳に入れねえ方がよかったですかねえ……」

半次は意気消沈する親友を気遣った。

「とんでもない……。調べてくれと言ったのはわたしの方ですよ。どんと構えていればよいのに、つい親分を頼ってしまったことが今さらながら情けなくなってきた……。まず敵を知ることが大事だとか言って、実は相手の弱さを確かめて心を落ち着けたかっただけなのだ。はッ、はッ、相変わらず剣を志す者としては、〝ぼうふり〟と言って蔑《さげす》まれた昔と少しも変わっておらぬ……」

庄太夫はつくづくと言って自嘲《じちょう》の笑みを浮かべると、半次に酒を勧めた。

「そうですかねえ……。その辺りが竹中さんのおもしれえところだと思いますがねえ……」

半次は庄太夫が胸の内を開いて見せたことが嬉しくて、ことさら明るく振舞って彼もまた庄太夫に酒を注いだ。

「はッ、はッ、おもしろいかな」

「ええ、竹中さんは自分が強くねえってことを隠そうとしねえ。だが、時がたつにつれてひょっとしてこの人は本当は強《つえ》えんじゃあねえかという、何というかその、味が出てきなすった」

「ふッ、ふッ、なるほど、そう言ってもらうと嬉しいが、それはきっと峡先生の傍にいるからそのように見えたのであろうよ」

庄太夫はこの五年の間の峡竜蔵との数々の思い出を辿《たど》って苦笑いを浮かべた。

「親分、わたしは好い格好をしようなどとは思っていないのだ。緑を好きな男が現れて、わたしに立合を求めてきたなら、あっさり負けてやればいいのだ。四十七の男が二十五の若い奴に負けたとて恥にはならぬ。だがなあ……。直心影流峡派が江戸一の流派になる夢を見ているわたしがそんなざまでは、先生に恥をかかせることになるではないか。随分前に先生は、庄さんにはおれがついているんだから強くならなくったっていいんだよ……。そう仰しゃって下さった。おれは庄さんの剣の師だが、庄さんはおれの人生の師だ……。などとね。あれから時が流れて先生は若き日の利かぬ気をよい頃合に残しつつ、実に恰好の好い大人になられた。もうわたしの出る幕もそれほどあるとは思えない。そうなると親分、わたしは峡竜蔵門下の中にあってただの恥さらしだ。それが何とも情けないのだよ……」

庄太夫は思いの丈《たけ》を吐き出した。この何年もの間気心の知れた半次にとつとつと語ることの何と心休まることか。

その感慨が庄太夫を暗く打ち沈んだ世界に陥ることを止めていた。

半次は、庄太夫が誰よりも峡道場の発展を祈り尽力してきたことを知っているから、日増しに大きくなっていく峡竜蔵とその一門についていけないと嘆く庄太夫を見るのが何とも切なかった。

「お前さんの想いは痛いほどよくわかりますよ。だが竹中さん、そんな風に嘆く前に、先生をもっと信じなせえ。竹中さんと左右田さんが立合うことを横から口を出してまとめたのは先生なんでしょう。竹中さんが負けると思ったなら、そんなことはなさらなんだはずでは……」

「それはそうだが。あの折は先生とて左右田平三郎がそれほどまでに剣術に打ち込んでいるとは思いもよらなんだからだと思う」

「いや、先生はそんなこと調べていようがいまいが、おわかりになるんですよ。竹中さんが左右田さんより強いってことが」

「先生がそんなことを……」

「おれに任せておけば好いと仰しゃったんでしょう」

「それはそうだが……」

「そんならお任せすれば好いじゃあありませんか」

半次はにっこりと笑った。

目明かしとして芝界隈にその名の通った網結の半次が、人に笑顔を見せることは勤め柄少ない。それだけに気心の知れた友に向けられるそれは、庄太夫の心を落ち着かせるに十分な温《ぬく》もりがこもっていた。

「そうでござったな……。剣術のことは先生にお任せしておけばよかったのだ。何かというとじっとしておられず小細工をしてしまう。わたしの悪い癖だ」

「とにかく明日先生に、思いもかけず左右田さんが手強《てごわ》い相手であることがわかったゆえ何とかしてもらいたい！　まずこう切り出すべきですよ」

「なるほど。それが何よりだな。親分が相弟子で助かったよ」

「なあに大したことはござんせんよ」

「おまけに下らぬ話に付き合せてしまったが聞いてもらってすっきりしたよ」

「あっしも楽しゅうござんしたよ」

「この礼は何としようかな……」

「よしにして下さいまし。何度もうちの煙草《タバコ》屋の品書きを竹中さんには書いてもらっておりやすよ」

四十を過ぎて剣術を始めた二人の男は、互いの縁のおかしみを噛みしめながら、その日は夜更けまで酒を酌み交した。

夜は随分と冷えたが、このところ昼間は晴天続きで、何事にも蘊蓄《うんちく》を傾ける庄太夫によると、桜の木々は明日には一気に満開に花を咲かすそうな。

六

竹中庄太夫の予想通り、その翌日から江戸の桜は一斉に咲き誇り、いよいよその日を迎えた竹中庄太夫と左右田平三郎との立合にまさしく花を添えてくれた。

半次の報《しら》せを受けた庄太夫は、翌日峡竜蔵に、左右田平三郎恐るべしとのことを伝えた。

しかし、それでも竜蔵はまったく動じず、

「なに、庄さんが負けることはまずあるまいよ……」

笑顔で応えると、それからしばらく庄太夫に稽古をつけた。

それも休み休みに一刻（約二時間）ばかりのもので、

「うんうん、好いねえ、庄さん、これなら心配いらぬよ」

そんな風に誉めた後、藤川道場に呼ばれているからこれまでとしよう、などと実にあっさりとして稽古場を出てしまったのである。

竜蔵と稽古をした後にこう言われると心が落ちつく。しかし、少したつとこれで好いのかと不安がもたげてくる。

次の日は、とにかく竜蔵に秘訣《ひけつ》を学ばんとして稽古に臨んだのだが、竜蔵は相変わらずで、翌日が平三郎との立合があるにもかかわらず一刻ばかり稽古をつけた後は、また出稽古があると言って稽古場を後にしたのである。

そしてこの日、竹中庄太夫は峡竜蔵に伴《ともな》われて本所出村町の桑野道場へとやって来た。

神森新吾と網結の半次が、大好きなこの兄弟子を盛り上げてやろうとついて来た。

竜蔵は道中終始上機嫌で、

「はッ、はッ、この四人でいると何やら楽しいな……」

と言っては、今まで峡道場におこった数々の騒動を思い出しては愉快に笑った。

そう言えば、何年ぶりかに上方から戻ってきた緑と再会し、父娘の情を取り戻すきっかけを作ってくれたのも、竜蔵、新吾、半次のありがたいお節介があってのことであった。

あの時は、

「直心影流・竹中庄太夫！」

と名乗って峰打ちに破落戸の首領を打ちのめしてやったものだ。

竜蔵は細々《こまごま》としたことは何も言わずに、ただただ庄太夫の緊張をほぐそうとしてくれているようだ。

そして桑野道場が見えてきた時に、

「庄さん、何を恐がっているかしらねえが、こいつはただの稽古だよ。遊びのつもりで楽しめば好いさ……」

ただ一言だけ告げて乗り込んだ。

稽古場に入ると稽古着姿も勇ましい左右田平三郎がいて、恭々しく座礼した。

桑野益五郎は竜蔵から事情を知らされて、今日の昼間は内弟子二人だけを控えさせ、稽古場を開けてくれた。

見所には桑野と並んで、中原大樹と緑の姿があった。志津と綾は左右田平三郎を気遣って同席を遠慮していた。

竜蔵は造作をかけたことを詫びるように桑野に会釈した。

新吾と半次は一礼して、桑野の門人と共に稽古場の隅に座した。

「わたくしのことであれこれお手を煩《わずら》わせてしまいました。どうぞお許し下さりませ」

一同が揃ったところで平三郎が両手をついて謝した。日頃は頼りなげな様子の平三郎も、剣術道場の中では気持ちも落ち着くのか、いつもより数段律々しかった。

このような平三郎を見るのは初めてで、緑の表情にも固さが窺えた。

男らしくないとか、うじうじとしているとか、ばっさりと斬り捨ててきた男が、出る場によってはまるで違う顔を持っていたことに戸惑っているようだ。

それでも少し睨《にら》みつけるように平三郎を見ているのは、そういう顔を持っているならば、日頃から出せばよいものを、それが恰好の好いことだと思っているならば大きな間違いだと、ここに至っても持ち前の利かぬ気で平三郎を認めたくないと力んでいるからであろう。

庄太夫は父親としてそういう娘の鼻っ柱を少しばかり折っておかねばなるまいと思ってみたり、それをするにしても強い父でなければならないと、また重圧に押し潰《つぶ》されそうになったりして、とどのつまりここへ来てもまだ落ち着かないでいた。

するとそんな父娘の心の葛藤《かっとう》を慈《いつく》しむかのように、竜蔵は庄太夫と緑に頰笑《ほほえ》みかけて、

「緑！　お前はひでえ女だな。自分を惚れてくれる男がいるってことはありがてえことなんだぞ。いくら和算が忙しいったって、愛嬌《あいきょう》のねえ断り方をするんじゃねえよ」

まず、身内の小父《おじ》さんが若い娘を愛情いっぱいに叱《しか》りつけるようにやりこめ、

「庄さん、まず親として直に竹刀を交えることで、左右田殿が頼りにならぬ男かどう

かわきまえた上で、緑に男心というものを教えておやり」

庄太夫には労りの声をかけた。

何とも乱暴な剣術師範の振舞であるが、竜蔵のこの言葉によって、張り詰めていた稽古場の様子が、ほのぼのとした身内の集いのようになった。

これに竜蔵の祖父・中原大樹がまず高らかに笑って、

「これ竜蔵、人の娘御にそのよう、偉そうな口を利くものがあるか」

と諭して大仰《おおぎよう》に竜蔵が頭を掻《か》いたものだから、庄太夫と緑の顔にも笑みが浮かんだ。

ただ一人――。

峡竜蔵という男をよく知らない平三郎だけは、きょとんとした目をして一同の様子を眺めていた。無理もない。彼の人生の中で、緊張漂う武芸場を一気に身内の宴の場に変えてしまうような武士に出会ったのは初めてであるからだ。

そして峡竜蔵は、左右田平三郎をも一人にしなかった。

年来の知り合いのように気安い笑みを投げかけて、

「左右田殿はよかったのかな。今日はこれに来て……」

「よかったと申されますと……」

「お前さんには子供の頃から通っている稽古場があるそうじゃないか」

「は、はい……」

「そこの先生は他流との稽古を認めてはくれぬのではないのか」

「それは……、その……」

「筋を通してやめてきたのではないのか」

「はい……」

どうしてそのようなことを知っているのか不思議に思いながらも、平三郎は胸に秘めておこうと誓ったことを自然と白状していた。

竜蔵は庄太夫から平三郎が子供の頃から甲源一刀流の剣術道場に通っているということを聞いて、その稽古場をそっと窺いに行っていた。

平三郎の腕を見たかったのも確かだが、ここへ来るにあたって、彼が師に内緒で来るのか筋を通してから来るのかが気にかかったのだ。

すると、老師から厳しい口調で叱責《しっせき》されている左右田平三郎を武者窓の向こうに認め、平三郎の心意気に満足して帰ってきたのであった。

庄太夫は、竜蔵が昨日、一昨日と朝自分に稽古をつけた後、出稽古があると出かけたのは、その実平三郎の様子を見に行っていたことを悟った。

「先生……」

胸を熱くした庄太夫であったが、娘の緑も竜蔵によって明かされた平三郎の心意気を知って、今までの彼に対する誤解に思い至って動揺が浮かんでいた。

緑は、まるで男らしくない左右田平三郎が父・庄太夫に叩き伏せられるのを見届け、きっぱりと自分のことを思い切ってもらうように迫るつもりであったが、その平三郎は子供の頃から通っていた剣術道場をやめてまでここへ来た。

それはすべて、緑が言った、

「わたくしは直心影流・峡先生門下の板頭・竹中庄太夫の娘なのです。そのわたくしを妻にする御方は強い殿御でなければならないのです……」

この言葉に発奮してのことなのである。

緑は思いもかけぬ平三郎の意地を見せつけられ心を乱されたのである。

竜蔵は庄太夫・緑父娘の想いに構わず、相変わらず楽しそうな表情を浮かべて、

「左右田殿、おぬしの男気、この峡竜蔵、大いに気に入った。今日の立合でおぬしの気がすめば、某と桑野先生とで、おぬしの剣の先生を訪ね一緒に取りなそう」

平三郎に優しい声をかけてやった。

「は、峡先生と桑野先生が、わたくしのために……。そのようなことは……」

「いいんだよ。惚れた女に意地を見せるのは好いが、そんなことで長い間通った稽古

場を捨てちまうことはないさ。さて、思う存分うちの板頭である竹中庄太夫に稽古をつけてもらうがよろしい」

竜蔵はそう言うと桑野に大きく頷いた。事前に二人の間で話が出来ていたのであろう。桑野は前へと出て、

「立合と申して、意地になってかかれば怪我をすることとてござろう。ここは一本勝負と参ろう……」

ずしりと重い声で言い放った。

当稽古場の師範である桑野益五郎が言うのである。これに従わざるをえない。

「畏《かしこ》まりました……」

平三郎は自分が怪我をしないように気遣ってくれたものだと感じ入ったが、それ以上に庄太夫の気持ちも楽になった。

「一本勝負か、これはよい！」

竜蔵もまた前へ出て、大きな声で賛同すると、見所に戻り際庄太夫に小さな声で、

「庄さん、〝秘剣蚊蜻蛉〟だ……」

それだけを告げた。

師の目が必ず勝てると語りかけていることに、庄太夫は勇気百倍となった。

近頃、竜蔵は面、籠手をつけた稽古において、庄太夫特有の技を見つけていた。打ち合って互いに構え直した時、よろよろと間合に入ったかと思うと、ひょいと繰り出す突き技が不思議とよく決まるのだ。

庄太夫はこれを偶然と思っているのだが、そうではない。竜蔵でさえ決められたことのあるこれを〝秘剣〟だと称した。庄太夫は冗談交りに〝秘剣蚊蜻蛉〟と名付けたが、初めての相手ならば必ずこれは入ると竜蔵はかねがね思っていたのだ。

それは深川南六間堀町にある甲源一刀流の道場に出向き、そっと左右田平三郎の稽古ぶりを眺めた竜蔵の中で確信に変わっていた。

防具を身につけた庄太夫と平三郎は、桑野益五郎の審判によって竹刀を交えた。

気負う平三郎に対して、庄太夫は師の言葉にただ従うのみ――。

「始め！」

桑野の掛け声によって二人は気合もろとも互いに青眼《せいがん》に構えた。

武芸がからきし駄目で、いざという時になると緊張して、戦う前から逃げたくなる自分が、娘に求婚した男の腕前を確かめてやろうとばかりに仕合をしている――。

いったい何がどうなったというのか、思わぬ運命の変遷が四十七になった自分に降りかかるとは、人生というものは真におかしなものではないか。

何事も哲学的にものを捉える庄太夫は、この緊張の中でもそんなことを考えていた。

それもこれも峡竜蔵が自分のために、この稽古場を宴のごとき風情にしてくれたお蔭である。

「やあッ！」

と気合を放つ平三郎の姿も、今や身内同士の稽古に思えて、庄太夫はすっかりと落ち着いていた。

平三郎はとにかく豪快な技を繰り出しさえすれば、負けたとて男の一分を緑に見せつけられると、まず積極的に打って出た。

庄太夫はこれを受け流した。

型稽古中心の道場で学んだ平三郎は、立合に今ひとつ慣れていない。これが真剣勝負なら話も違ってくるが、竹刀での打ち合いは庄太夫の方がこなれている。

平三郎は技が尽きるやすぐに引いて構え直した。

――よし、ここだ。

庄太夫はふらふらと頼りなげな足取りで間合を詰めた。それは一瞬何かの拍子に足を痛めたのかと見紛《みまが》う動きであった。

それを思わず眺めてしまった平三郎の突《つ》き垂《だれ》に、次の瞬間、

いた。

「えいッ！」

という庄太夫の気合にのって突き出された竹刀がものの見事にぴたりと当てられていた。

これぞ〝秘剣蚊蜻蛉〟である。

「勝負あり！」

桑野の宣告を受けて、がっくりと肩を落とした平三郎は畏まってその場を下がった。

途端、竜蔵が見所から再び前へ出た。

「うむ！　好い仕合であった！」

そして大音声《だいおんじょう》を発して、

「左右田殿、好いお手並であった。気合といい太刀筋《たちすじ》といいなかなかのものだ。この後も精進をいたされよ」

まず平三郎を誉め称え、

「庄さん、仕合には勝ったが立合の気合では押されてしまったというところだな」

ニヤリとして庄太夫を見た。

「いかにも左様で……。左右田殿、またいつか手合せを願いとうござる」

庄太夫は平三郎を傷つけず、父親としての自分の名誉を守ってやろうとしてくれた竜蔵の心配りに胸を熱くしながら、左右田平三郎をしっかりと称えてやった。

「これは、ありがたき幸せにございまする……」

平三郎は満足の表情を浮かべ、竜蔵、庄太夫に深々と頭を下げた。

竜蔵はぽんと庄太夫の肩を叩いて、後のまとめは思うままにせよと告げた。

いつしか桑野は門人と共に稽古場を出ていた。

庄太夫ははっと畏まり、

「緑、左右田平三郎殿は弱い男ではない。わかったな」

はっきりとした声で語りかけた。

「はい……」

緑は決りが悪そうに俯《うつむ》いた。

「わかったならば思い込みで左右田殿に無礼なことを申したお詫びを致せ」

「はい……。左右田様、貴方様がお強いお方であったことはよくわかりました。今までの非礼をお許し下さりませ」

緑は実に殊勝なる面持ちで頭を下げた。

ここに至って、緑は男同士の清々《すがすが》しい対決を目の当《ま》りにしたことで、すっかりと素直な気持ちになっていたのである。

緑に謝られて、平三郎は威儀を正して一礼をしてみせた。

緑は左右田平三郎を見直す想いであった上に、やはり父は強かったと満足であったし、平三郎もまた、緑と竹中庄太夫に認めてもらえたことが何よりであった。

「よいか緑……」

こうなると庄太夫が話す言葉にも自信がみなぎり、自《おの》ずと重みが出てくる。

「日々学問に励む者は、どのようなことにも興をそそられ、あれこれ目に入る物を落ち着きのない目で眺めたりするものだ。わたしにはよくわかる。左右田殿もそれゆえお前の目から見ると弱そうな男に映ったのであろう。だが、男はいざという時に何が出来るか……。それが大事なのだ。お前の人を見る目はまだまだ狭い。今日のことで左右田殿とのことを考え直せなどとは申さぬ。だが和算に打ち込む一方で、左右田殿がどのような御方であるか広い目で見られる好い女でありなさい。よいな……」

「はい！」

緑は誇らしげに父を見て元気に頭を下げた。

庄太夫はそれを嬉しそうに見つめてから、

「左右田殿、これでよろしいかな。この後も、頼みますぞ……」

と、平三郎に問うた。

「ははッ、真にもったいなきお言葉痛み入り申しまする。子供じみたこの度の仕儀、平《ひら》にお許し下さりませ……」

左右田平三郎は目に涙を浮かべて、恭々しくその場に平伏したのであった。

その日はそのまま法恩寺へ出て花見となった。

峡竜蔵と竹中庄太夫がいるのである。宴の場が盛り上がらぬはずはない。すっかりと賑やかさを取り戻した志津が、綾、緑に桑野益五郎の妻子、初枝《はつえ》、千春《ちはる》の先頭に立って女達を率いて酒肴《しゅこう》を調え、左右田平三郎などはその楽しさに放心してしまうほどであった。

「庄さん、ひとつ言っておくよ……」

宴の勢いが少し落ち着くと、竜蔵は庄太夫を捉えて語りかけた。

「はい、申し訳ございません。わたしの弱虫は相変わらずでございました。どうすれば剣客の端くれとして、どっしりと構えていられるのでございましょう……」

庄太夫は首を傾げながら、竜蔵との秘密の会話を楽しむように小さな声で応えたが、

「そんなことはどうでもいいよ。剣客なんてものは皆弱虫で、心の内ではびくびくしているものさ」

竜蔵は次々に出てくる庄太夫の反省の言葉を、にこやかにさえぎると、

「庄さん、好い加減に気付きなよ。自分が強えってことに。何たって庄さんは、おれの一番弟子なんだぜ……」

はらはらと桜が舞い散る下でつくづくと言った。

第二話　兄貴分

一

初夏の到来とともに、汗ばむ陽気が続いていた。

このところ峡竜蔵は、他道場へ足繁《あししげ》く通っている。

剣術指南に赴《おもむ》く出稽古《でげいこ》ではなく、自分を鍛えるために方々の師範に稽古をつけてもらっているのである。

門人も増えた上に、近頃では方々から剣術指南を請《こ》われるようになった竜蔵であるが、教えてばかりでは自分の剣の上達はままならない。

教えつつ学ぶという、なかなか難しい両立を迫られているのだ。

竜蔵が熱心に指南を請いに出かけているのには理由がある。

先日、下谷長者町の藤川道場へ亡師・藤川弥司郎右衛門の孫で、藤川家の若き当主、弥八郎《やはちろう》を訪ねた折であった。

その日は弥司郎右衛門の高弟にして、現在、藤川道場の後見人を務める赤石郡司兵衛《ぐんじべ》が来ていて、近々、直心影流において剣技抜群の者達を集めて仕合《しあい》を行いたいと思っている。ついては峡竜蔵もその中の一人に入っているので稽古に励むように——との言葉をもらった。

赤石郡司兵衛は直心影流の第十一代的伝《てきでん》であるから、その仕合に呼ばれることはこの上ない名誉で、竹中庄太夫などはこれを聞いて、

「先生、いよいよ峡竜蔵が世に出る日が参りましたな」

などと興奮しているのだ。

そんなわけで真《まこと》に忙しい峡竜蔵であるのだが、

「ちょうど好《よ》いところに訪ねてくるとは、やはりお前とは縁があるってことだな……」

この日、彼を大喜びさせた訪問者があった。

来客は二十半ばの町の女で名をお辰《たつ》という。

四年前になろうか、芝界隈《かいわい》を流していた八卦見《はっけみ》で、自分は峡竜蔵の実の妹なのだと名乗りをあげて一騒動おこした女である。

お辰は谷中《やなか》の〝みなせ〟という水茶屋の娘で、母・お兼《かね》は娘の頃に旅の不良浪人に

騙《だま》されてお辰を身籠《みごも》った後、〝みなせ〟の女将《おかみ》としてお辰を育てた。

お兼は気丈に水茶屋を守り娘を育てたが、亡くなる少し前に女の身で商いを続けることに不安を覚えたか、亀吉《かめきち》というやくざ者を家に引き入れてしまった。

亀吉はお兼が死んだ後、〝みなせ〟の亭主に収まり、お辰を分限者《ぶげんしゃ》の後添《のちぞい》にしようとした。

分限者から金を引き出し、父親面《づら》をして体《てい》よく自分を売りとばそうとする亀吉の魂胆は明らかで、お辰は家から逃げ出した。

そうして芝へ流れてきたのであるが、自分が生まれた時に、不良浪人に騙されたお兼を哀れんだ茶屋の客がくれた御守袋だけは肌身離さず持っていた。

その茶屋の客こそが竜蔵の父・虎蔵《とらぞう》であった。

本来その御守袋は弟弟子の森原太兵衛に娘・綾が出来たことを知った虎蔵が、〝愛娘殿《まなむすめ》　神田相生町《あいおい》　峡虎蔵〟と認《したた》めた厚紙を添えて、旅の途中訪れた鹿島《かしま》神宮で買い求めた御札と共に渡そうと思っていたものであった。

お兼はそもそも峡虎蔵に惚《ほ》れていたが、想《おも》う相手は名のある剣客で妻も子もある身であった。

諦《あきら》めたもののそれが下らぬ剣客まがいの浪人への恋と変じてしまったのだ。

それだけにお兼は、

「これは峡虎蔵先生という、立派なお方が下さったんだよ……」

と、御守のことをお辰に自慢げに語ったものだ。

父《てて》なし子と世間からは好奇の目で見られ蔑《さげす》まれて、孤独な子供時代を送ったお辰は、

「この御守をくれたお人があたしのお父《とっ》つぁんだったら……」

と空想にふけった。

それが、峡竜蔵の妹だとつい名乗らせてしまったのである。

竜蔵は用心棒を雇ってお辰を取り戻しにきた亀吉を叩《たた》き伏せ、嘘《うそ》をついたことを涙ながらに詫《わ》びるお辰に、

「おれにはな、いっぺえ妹がいるんだ。お前も今日からその一人さ」

常磐津《ときわず》の師匠・お才《さい》、森原綾のように妹分として、

「兄さん……」

と呼べば好いのだと優しい声をかけてやったのだが、お辰は竜蔵の情に触れれば触れるほどにいたたまれなくなり、芝界隈からふっつりと姿を消したのであった。

あれから四年――。

「お前はどこで何をしてやがったんだよ……」
竜蔵は決まりが悪そうに、道場の出入口に今にも逃げ出しそうな様子で立っている
お辰を見つけるや、母屋の自室に連れて入った。
「ほんとうに、あの折は申し訳ありませんでした。もう、穴があったら入りたい思い
でございますよ……」
お辰は竜蔵を前にするや、しばらくの間頭を下げてばかりいた。
「いいよ。今となってはおもしれえ思い出だ。あん時はちょうど稽古場にお袋が訪ね
てきて、誰の妹御なのです……。なんて言って皆凍りついたようになっちまってよう。
はッ、はッ、はッ……」
「勘弁して下さいまし。あとで思えばあまりに情けなくて、先生のお顔をまともに見
ることもできずに……」
「それで、ほとぼりが冷めるのに今までかかったってわけかい」
「はい……」
楽しそうに笑う竜蔵を見て、お辰の張りつめた表情も穏やかになったが、四年の間
に話し口調といい物腰といい、
「随分と落ち着いたもんだな」

竜蔵を感心させるほどに成熟の度合を見せていた。

話を聞くと、お辰はあれから板橋に移り住んだ八卦見仲間がそこで小さな甘酒屋を開いているのを思い出し、これを頼ってしばらく暮らした後、宿場の旅籠《はたご》を普請《ふしん》に来ていた彦太郎《ひこたろう》という大工と一緒になって、今は二本榎《にほんえのき》に住んでいるという。

「そうかい、見た目にそうじゃあねえかと思ったが、所帯を持ったかい。そいつはよかったな。どれくらいになるんだい」

「もう一年と少しくらいに……」

「なるほど、大工のかみさんか……。お前が惚れた男だ。腕はいいんだろうなあ」

「ええそれはもう……。近々、坂井屋《さかいや》さんの蔵を建て増すのを任されているのですよ」

「坂井屋っていうと、あの本芝にある線香問屋かい」

「ええ、その坂井屋さんなんですよ」

「ほう、坂井屋は大店《おおだな》だ。そこの普請を任されるなどとは大したもんだ。いや、ほんとうによかったな」

竜蔵の手放しの喜びように、お辰は少し恥ずかしそうにして顔を伏せた。

竜蔵はそれに構わず妹分をやりこめるように、

「そんなことならどうしてすぐに訪ねてこなかったんだよう。二本榎はここから目と鼻の先じゃねえか」

無沙汰《ぶさた》を詰《なじ》った。

竜蔵のそんなものの言いようが、身内に乏しいお辰には兄に叱《しか》られているようで嬉《うれ》しいのか、

「すぐに来ようと思ったんですがね。先生はあれよあれよという間に何やら偉くなって、こちらのお稽古場も賑《にぎ》やかになったとお聞きして、どうも敷居が高かったのでございます……」

お辰は口許《くちもと》に笑みを浮かべつつも、しんみりとした口調で応《こた》えた。

初めて出会った頃と違って、竜蔵もこの辺りの人情の機微がわかるようになってきている。

一口に四年というが、その間にも色々と辛《つら》いことがあったはずだ。

〝兄さん助けておくれ〟などと言って泣きつきたいことも時にはあったに違いない。

それを堪《こら》えてやっと今日訪ねてきたお辰にも万感の想いがあるのだ——。

「まあ、しっかり者のお前のことだ。何とかやっているだろうとは思っていたが、こうして会えてほっとしたぜ」

竜蔵は慈愛に満ちた顔をお辰に向けて、今度はしみじみとした口調で言った。

「亭主はさぞお前を大事にしてくれているんだろうな。子はまだできねえのかい」

「子はまだできませんが、そのうちに、亭主と一緒に連れて参ります……」

竜蔵の情に応えて、お辰もまた精一杯の明るい声で返したものだ。

それからは、あの頃を知る竹中庄太夫、神森新吾、網結《あみすき》の半次が次々にやって来て、思い出話に花が咲いたのであるが、

「せっかくこうして会ったんだ。これから皆で繰り出してえところだが、お前も今じゃあ亭主のある身だ。今日のところは一旦《いったん》戻って、今度必ず亭主を連れてまた訪ねてくんな……」

竜蔵はお辰を気遣ってこの日はそのまま帰した。

その際、このところ道場を出ていることが多いので、次に会う日を決めておこうと竜蔵は言ったのだが、お辰の亭主の彦太郎もあれこれ忙しいとのことで、

「とにかく亭主に訊《き》いて、来られる日をまた伝えにきますよ……」

と言い置いてお辰は去っていった。

竜蔵は庄太夫、新吾、半次と共にお辰を表まで送ってやったが、

「ほとぼりが冷めた頃だと思って会いに来たと言ったが、お辰の奴、何か辛いことが

あったのかもしれぬな……」

お辰の丸みを帯びた後ろ姿を見ながらぽつりと言った。

次に来る日を決めあぐねたお辰の様子が気にかかったのである。

これに他の三人は大きく頷《うなず》いた。

亭主の彦太郎を連れてまた訪ねるようにと竜蔵が言った時に、一瞬お辰の顔に浮かんだ翳《かげ》りを四人共に感じていたからである。

年長の庄太夫、半次は言うに及ばず、今や新吾も二十三歳になり少しは人の気持ちを推し測ることが出来るようになっていた。

いつかあの日の詫びに行かねばならないとお辰が思っていたのは確かであろうが、それを決意させる何かきっかけがあったのではないか――。

竜蔵はその想いを、同時に古参の門人三人が覚えてくれていたことに満足をした。

「先生に何か相談したいことがあったのかもしれませんね」

新吾が呟《つぶや》くように言えば、

「となると、彦太郎という亭主のことがどうも気になりますね」

庄太夫は神妙な面持《おもも》ちで竜蔵を見た。

「おれもそのことを考えていたんだよ……」

四人は何やらすっきりしない想いを胸に稽古場へ戻った。

あの時は突如として峡竜蔵の異母妹が現れたことで大騒ぎになり、少なからずお辰には迷惑をかけられたこの三人の門人も、過ぎてしまえば何もかもが楽しい思い出と懐かしみ、峡竜蔵が妹分と認めた女は自分達にとっても身内であるとさえ思っている。

――真におめでたい奴らの集まりだが、どうだこれが峡道場だ。

誇りたい気分の竜蔵に、

「ちょいと調べてみますか……」

半次が低い声で言った。

「いや、何かあったら訪ねてくるさ、親分にいつまでもこんな細かい事を頼んでいられねえよ」

竜蔵は半次の申し出を気遣ったが、

「いえ、ここはあの野郎をお仲間に入れてやっておくんなさいまし……」

半次は稽古場の出入口近くで雷太相手に型の稽古に励んでいる若者を見て言った。

「ああ、そうだったな。あいつがいたんだ……」

竜蔵はにこやかに頷いた。

若者は半纏《はんてん》に軽衫《かるさん》姿――町の物好きが剣術を習いに来ているという様子である。

「猿三《えんぞう》！　ちょいと話があるんだ……」

竜蔵に声をかけられて、勇んで前へとやって来たのは半次の乾分《こぶん》・国分《こくぶ》の猿三であ
る。

半次の横にいて峡竜蔵と顔を合わすうちに、自分も堪らなく峡道場に入門したくな
った猿三であったが、

「お前なんかが先生の弟子にしてもらうなんざ十年早《はえ》えんだよ」

と何度も半次からはねつけられていた。

それがやっと先日入門が叶《かな》い、御用の筋の合間は稽古場に浸《ひた》りきっているのである。

「へいッ！　何でございましょう」

十二番目の弟子は、これ以上ないというくらいの勇みようで竜蔵の前に畏《かしこ》まった。

二

「それで、お辰さんの亭主の……」

「彦太郎だよ」

「その彦太郎さんに何か変わったことでもあったのかい」

「いや、猿三が調べてくれたところでは、確かに彦太郎は腕の好い大工で、手間取り

の中でも一目《いちもく》置かれている男だそうだ」

「ふッ、ふッ、自慢するだけのことはあったわけだね」

「まあな……」

お辰が峡道場を訪ねてから三日後の宵――。

竜蔵は昔馴染《なじみ》の常磐津の師匠・お才を誘って、芝田町二丁目の居酒屋〝ごんた〟へと出かけた。

この間、お辰からまったく連絡はなかったが、下っ引きの国分の猿三は早速二本榎辺りを歩いて回って、大工の彦太郎についてのことを仕入れてきてくれた。

結果は今竜蔵がお才に喋《しゃべ》っている通りで、彦太郎は歳《とし》が三十。芝田町九丁目に住む大工の親方の許で修業をして一人前となり立派な手間取りになったという。

お辰と所帯を持って一年余りだというから、腕の好い職人が二十八になるまで縁談に恵まれなかったのかと不思議に思われたのだが、二十五の時に親方の娘を女房としていたこともわかった。

ところがこの娘というのが、彦太郎と一緒になってほどなくして、風邪《かぜ》をこじらせたかと思うと高熱を発しあっけなくこの世を去ってしまった。

「もうあっしは生涯女房《めと》は娶りやせん……」

彦太郎はひどく落胆してこう宣言するや、ただ黙々と仕事をこなす日々を送った。

これを親方は気に病み、何とか彦太郎に嫁を取らそうとしたのだが、彦太郎は首を縦に振らない。

そんな日々が過ぎ、彦太郎は親方と共に板橋の宿《しゅく》に出仕事に行くことになる。

「まあ、そこで彦太郎はお辰と出会ったわけなんだが、初めにお辰を気に入ったのは親方の方だったというな」

「へえ、それで親方が彦太郎さんに勧めたってわけなのかい」

「お辰は知り人の甘酒屋を手伝っていたんだがな、八卦見をしていただけあって客あしらいもうまくて、さっぱりした気性が受けて、お辰目当ての客も多かったっていうぜ」

「なるほどねえ、この女なら彦太郎のふさぎこんだ心の内を明るくしてくれる……。親方はそんな風に思ったんだろうね……」

常磐津の芸に生きるお才だが、やはりそこは女である。男女の馴初《なれそ》めの話になると心が浮かれるようだ。少し声を弾ませながら応えた。

彦太郎は親方に付き合わされて、あまり好きでもない甘酒を飲みに行ったのだが、そのうちに親方の意図《いと》がわかるようになり、お辰を意識し始めた。

そして普請が終わる頃にはすっかりと気に入ってしまっていた。

お辰もまた、印半纏《しるし》姿も勇ましくきりりとひきしまった彦太郎が、大工の老親方から我が子のように目をかけられていることが、この男のすべてを物語っていると見て心惹《ひ》かれたのである。

彦太郎とお辰は互いに惚れ合って所帯を持った。

親方は愛弟子《まなでし》の幸せを見届けると、去年の夏にぽっくりと死んだそうで、今はその息子が棟梁《とうりよう》を継ぎ、自然と彦太郎は〝兄ィ〟と立てられる存在になっているそうな。

「話を聞く限りでは、その彦太郎さんは好い男じゃないか」

「ああ、おれもそう思うんだよ。お辰の奴、亭主のことで何か悩みを抱えているんじゃあねえかと疑ったことが、何やら申し訳がねえくれえでな」

「と言っても男ってのは外面《そとづら》ばかりが好いってこともありますけどね……」

お才はふっと笑った。

常磐津の稽古に来る男にもよくある話なのである。稽古場では笑顔を絶やさず何かと親切でまめに動く男が、家へ帰れば女房に怒ってばかりで横の物を縦にもしなかったりするものだ。

「だが、二人が住んでいる長屋の衆の話では、彦太郎の怒鳴り声など聞いたことがねえっていうし、彦太郎は博奕《ばくち》もやらねえ、深酒はしねえ、女癖は悪くねえどころか、お辰と一緒になってからは付き合いが悪くなったともっぱらの評判だ」

「わかったよ。そういう出来過ぎた亭主がつまらないんだよ、お辰さんは……」

お才は他人の幸せを語るのが馬鹿らしくなってきたか、ふんと顔をしかめて見せた。

「ふッ、ふッ、お辰も一筋縄でいかねえ女だからそうかもしれねえな」

これには竜蔵も失笑した。

「そうですよう。お辰さんはそもそも竜さんみたいなくだけ過ぎた男が好みなんですから」

「何を言ってやがんだ。あいつはおれの妹になりたかったんだ。男の好みとかじゃあねえだろ」

「まったくお前さんはいくつになったんだい」

「三十三だ」

「その歳になってまだおめでたいことを言っているよ。兄貴分だとか言いながら、お辰さんは竜さんに惚れていたんだよ」

「からかうんじゃねえや」

「からかってなんかないよ。暴れ者でも竜さんはやっとうの先生、身分の違いをわきまえていたってことさ」

「はッ、はッ、お才、お前もその口かい」

「ああ、腹が立ってきた……」

竜蔵への捨て切れぬ女心を笑いとばされて、お才は本気で腹を立てたが、竜蔵はそんなことにはお構いなしに、

「ああそうだ。猿三の話では彦太郎にはひとつだけ困ったことがあると言っていた……」

「たったひとつだけかい、ますますおもしろくない男だねえ。いったい何だというんです」

「親方が死んでから、喧嘩《けんか》っぱやくなったそうだ」

「喧嘩っぱやくねえ……」

今まではどちらかというと仲間内で喧嘩がおこれば宥《なだ》める側であったのが、近頃は何かというと先頭に立って喧嘩を始めるようになって、周囲の者を驚かせているらしい。

「だが江戸っ子の大工のことだ。喧嘩はつきものだろうし、親方が死んで倅《せがれ》の代になったばかりだから、世間の奴らになめられねえようにと思ってのことだとおれは思う

……」

「さあ、どうですかね……」

　お才はニヤリと笑って、からかうような目を竜蔵に向けた。

「親方が死んでからというより、お辰さんと所帯を持ってからのことじゃあないんですかねえ」

「どういうことだ」

「きっとお辰さんは竜さんの噂話《うわさ》を何かというと亭主にしたんだよ。それで恋女房に強い自分を見せようとして喧嘩が多くなったんだと思いますよう」

「おいおお才、たいがいにしろよ。そんなら何かえ、彦太郎はおれの向こうを張って喧嘩を始めたってえのかい」

「そう、そういうことだよ」

「おきやがれ、それじゃあおれが、まるで喧嘩するしか能がねえ破落戸《ならずもの》みてえじゃねえか」

「四年前の竜さんは、やっとうの先生というより、喧嘩の先生といったところさ……」

　口を尖《とが》らせる竜蔵をお才はそう言ってやりこめた。

これには竜蔵も、

「そう言われると面目ねえや……」

と、黙って頭を掻《か》くしかなかった。

ふと見ると、店の主《あるじ》の権太《ごんた》、お仙《せん》夫婦が鯉《こい》のあらいを盛った皿を持つ手を震わせながら、これをどこの間合で出すか計りつつ笑っている様子が見えた。

――この二人はこうでなくては。

兄貴分と妹分のやり取りを時に目《ま》の当りにする楽しみは、この店の夫婦ならではのものなのだ。

「ふん、女のことだからお才に相談したってえのによ。お前にかかっちゃあおれもいつまでたっても小僧っ子だ……」

竜蔵は憎まれ口を利きながら、権太とお仙に頰笑《ほほえ》んで鯉のあらいを運ばせて、うまいうまいと舌鼓《したつづみ》を打った。

お才は同じ妹分だというお辰のことに、少しばかりむきになった自分自身を窘《たしな》めつつ、

「ふッ、ふッ、それだけあたしもまだ小娘ってことですよ……」

恥ずかしそうに頰笑んだ。

「まあ、夫婦のことに立入ったってろくなもんじゃあないけど、それだけに他人《ひと》にはわからない悩みも抱えているんでしょうよ。なかなか訪ねて来ないようなら、兄貴分としては一度そっと訪ねてあげたらどうなんです」

そして自分も鯉のあらいに箸《はし》を伸ばしながら女としての助言をすることも忘れなかった。

「そうだな。そうしてみるよ……」

結局、お才に相談をしたものの、先日お辰の身から漂っていた屈託の正体ははっきりせぬままに終わりそうである。

それでも訪ねてやった方が好いのか、そっとしておいた方が好いのかの判断はつかなかった。

――考えてみれば、どうして赤の他人だとわかったお辰のために、おれは世話を焼かなきゃあならねえんだ。

竜蔵はつくづくと自分のお節介な性分《しょうぶん》を、心の内で託《かこ》ちながら、

――まあ、おれの親父《おやじ》が境遇を哀れんで、持っていた御守を袋ごと与えた女なんだ。放《ほう》っておくのも後生《ごしょう》が悪いぜ。

などと自らに言い聞かせていたのである。

三

そのお辰はというと――。

夫の彦太郎に峡竜蔵を道場に訪ねたことさえ告げることが出来ないでいた。

夫婦のことはわからないものだとお才は言ったが、さすがにお才の女としての勘は見事に当っていた。

彦太郎とお辰の馴初めや今の暮らしぶりは、国分の猿三が調べてきた通りであった。

彦太郎は二本榎の小ざっぱりとした裏店《うらだな》で一緒に暮らすお辰に心底惚れていたし、お辰もその気持ちが嬉しくて、腕の好い大工の好くできた女房になろうと努めていた。

だが、どんなことでもあけすけに物語るお辰は、そのさっぱりとした気性が気に入られたわけではあるが、一方ではそういう気性が彦太郎の心を歪《ゆが》めていた。

お才が竜蔵に冗談半分で言ったことは正にその通りであった。彦太郎は恋女房のお辰に竜蔵ばりの強い自分を見せたいがために、喧嘩の場に身を置くようになったのである。

以前のことを訊かれて、お辰は峡竜蔵という兄貴分になってくれた剣客にひとかたならぬ世話になったことを思い入れたっぷりに話した。

当然である。峡竜蔵を頼ったからこそ、お辰は亀吉というやくざな継父と縁を切ることが出来たし、昔のしがらみから解き放たれて自由の身になれたのだ。

こうして彦太郎と所帯を持てたのも、元を辿《たど》ればみな峡竜蔵のお蔭なのであるから――。

だが、女房に惚れていればいるほど、男とは女房にとって頼もしい存在でありたいと思うものだ。

元より荒くれ達が集《つど》う普請場で暮らす彦太郎は、強い男に憧《あこが》れていた。

それでいて、実は自分が小心で臆病者であることもわかっていたから、寡黙で腕の好い大工になれば、人から強い男に見られるのではないかと仕事に励んできた。

その考え方は正しく、黙々と立派に仕事をこなす彦太郎に、いつしか周りの者は一目置くようになっていったのであるが、お辰に強い男と思われるにはこのくらいでは物足りない。

仲間や弟分がどこかで誰かに殴られたら、真っ先に駆けつけて仇《かたき》を取ってやるくらいの恰好《かっこう》よさがなくてはならない――。

男の無邪気さというべきところであるが、そんな彦太郎の願望はすぐに果されることになった。

先代の死で跡を継いだ当代の親方のことを馬鹿にした左官がいて、彦太郎の弟分がこれに怒って酒場で喧嘩になったが、相手は三人いて散々に殴られるという騒ぎが起こったのだ。

いつもの彦太郎ならば、

「おいおい、まず落ち着かねえか……」

などと宥める側にいたのだが、

「代が替わったばかりでなめられちゃあならねえ!」

と、自ら先頭に立って弟分を殴った左官を見つけ出して見事にけ散らした。

内心は恐物《こわもの》であったのだが、大工仲間や他の弟分が控えていたので、思いの外《ほか》に呆《あっ》気《け》なく勝利できたのだ。

「彦太郎兄ィはやる時ゃあやる……」

代替りをしたばかりだったので、彦太郎の俠気《きょうき》は大いに称《たた》えられた。

勢いのついた彦太郎は、その後も生意気な口を利く石屋や屋根葺《ふ》きをぶちのめして男を上げた。

——ふん、喧嘩なんざ思いの外にちょろいもんだ。

体格の好さもあり、力持ちであった彦太郎は自分の強さに目覚めた。

何と言っても弟分達が家に遊びに来ては、

「いやあ、姐《あね》さんに見せたかったねえ……」

「このところは親方も、何かってえと兄ィの名を呼びなさる」

「兄ィがこんなに強《つえ》え人だとは思わなかった……」

などとお辰に言うものだから、ますますその気になる。

お辰も新しい親方を守り立てようとして力を揮《ふる》う彦太郎を惚れ直して、

「うちの人は気の好い男だけれど、ひとつ間違うとおっかないから気をつけておくんなさいましよ」

外で自慢気に彦太郎の強さを話したものだ。

強い男を演じて恋女房に認めてもらいたい亭主。

自分を想ってくれる亭主の男らしさに日々心を癒される女房。

一緒に暮らしながら、互いの魅力を探り合う楽しい日々を二人は送っていた。

しかし、歳は五つばかり下であっても、女というものは何故《なぜ》だか大人びていて、亭主が演じる子供じみた男の見栄《みえ》などすぐにわかる。

——ああこの人は、あたしに好いところを見せようとして無理をしているよ。

お辰は俄《にわか》に腕っ節を誇るようになった彦太郎の意図をすぐに見抜いていた。

初めのうちこそ、そういう彦太郎の子供のような振舞を、

「好いたらしい人だ……」

と頬笑ましく見ていたのだが、もしやこの人は峡竜蔵という〝馬鹿みてえに強い〟と恐れられた男の向こうを張ろうとしているのではないかと思い至って慌て始めた。

お辰は自分の恩人である峡竜蔵の話を、おもしろおかしく亭主に語ってしまったことを心底悔やんだ。

お辰の話がおもしろければおもしろいほど、自分もそれくらい豪快で強い男になりたいと彦太郎は思ったに違いない。

そしてこのところの快進撃によって、自分も峡竜蔵になったような心地になっているとしたら危険極《きわ》まりないことである。

いい気になって争い事の深みにはまって命を落とすことにでもなれば何とするのだ。

お辰は実際に、鬼神が天から舞い降りたかのような峡竜蔵の恐るべき早業《はやわざ》を見ている。

上には上がいるのが世の中である。とてつもなく強い男と巡り合ったら、そもそもが小心で臆病なところのある彦太郎は、立ち直れなくなるほどの痛手を受けるのではないかとお辰は心配で仕方がなかった。

小心で臆病——彦太郎が決して知られたくない弱味であるが、女のお辰は良人《おっと》の性分など既に知りつくしているのである。

そんな彦太郎の弱味も含めてお辰は大事に想っているというのに、惚れた弱味は男にとってはどうにも厄介なもので、虚勢を張り続ける愚を犯してしまうのだ。

——とはいってもそのうち喧嘩ばかりもしていられなくなるに違いない。

もう充分に恋女房に強い自分を見せることが出来たのだし、大工として腕の好い彦太郎は大店の線香問屋・坂井屋の蔵の建て増し普請を任されることになっている。

「喧嘩もほどほどにしておかないと、今度の普請にけちがついてしまうようなことになっちゃあ、亡くなった先代に申し訳が立たないよ……」

お辰としては彦太郎の自負を傷つけぬよう、こんなことを言って宥めているうちに、夫婦の間に漂う惚れたはれたの浮かれた気分も落ち着いていくだろう、それまでは何事も起こりませんようにと、ひたすら祈っていたのであるが——。

一月くらい前から、彦太郎の様子がおかしくなってきた。

何やら物思いにふけることが多くなり、話しかけても上《うわ》の空なのである。

元々が黙々と仕事に打ち込む男であったのだが、このところは努めて豪快な風を女房の前で見せてきたから、ある日を境にした彦太郎の変わりようがお辰は気になったのである。

どこかで喧嘩してひどい目に遭ったわけでもなさそうである。

顔に傷や腫《は》れも見られないし、お辰に先の普請のことを持ち出され窘められている

から喧嘩をすることもなくなっていた。

それでもたまたま喧嘩をした相手を勢いのあまり殺してしまったとか、そんな恐ろ

しいことも頭をよぎった。

だがお辰の目から見た良人の様子は何かに怯《おび》えているように思えた。

もちろん、彦太郎は何よりもそんな男として情けない姿をお辰に見せたくはないか

ら、

「普請を任されると、あれこれ気を使うことが多くて困る……」

などと、何かというと坂井屋の普請の支度が大変で、ついそのことに気がいってし

まうのだと笑って見せた。

だがお辰にはわかるのである。自分の亭主が、女房には打ち明けられぬ屈託を心の

内に抱えていることを。

時も時である。

坂井屋の普請にかかわれば、取り返しのつかぬことになる。

といっても彦太郎が自分の弱味を女房に見せるとは思えない。

それを知りつつ亭主にあれこれ問いかけることも憚《はばか》られた。

お辰もまた思い悩んだのである。

その結果、お辰の脳裏に浮かんだのが、あの強い〝兄さん〟の姿であった。

兄さんのいる三田二丁目は、この二本榎からは目と鼻の先である。

お辰の足は何度かそこへ向かった。そしてその度に、あれからの峡竜蔵の盛名と、峡道場の隆盛が耳に飛び込んできて、敷居の高さと彦太郎への後ろめたい想いが重なってすごすごと引き返してきた。

それでも、今のお辰には身の回りに漂う暗雲を振り払ってくれる身内は、峡竜蔵しかなかった。

いつか彦太郎との間に子を生《な》して、親子三人で峡道場を訪ねようと思っていた。

そうすることで、散々迷惑をかけておきながら黙って芝界隈から姿を消してしまった詫びを入れるつもりであった。

――どうせ訪ねないといけないのだ。この機会に会おう、会ってあの兄さんと話をしていれば、たちまち悩み事や心配事などは吹き飛んでしまうに違いない。

やっとのことに訪ねてみれば、峡竜蔵はあの日と同じ調子でお辰を迎えてくれた。

何故もっと早く訪ねてこなかったのだと叱ってもくれた。

——あたしには頼れる人がいる。

その想いがお辰の心を幸せにしてくれた。

竜蔵だけではなく、竹中庄太夫、神森新吾、網結の半次という門人達もお辰のことを懐かしがってくれたし、彦太郎と一緒になって暮らしていることを身内のように喜んでくれたのだからなおさらだ。

しかし、お辰はついに兄さん達に自分の悩みを伝えることが出来なかった。

以前と変わらぬ竜蔵とその門人達であったが、この四年の間に竜蔵に備わった人としての貫禄《かんろく》は相当なもので、門人の三人もそれに従って一回りも二回りも大きく見えた。

道場から伝わる熱気も大したもので、そこにいることが何やら場違いな気がしたのである。

もちろん、今の自分の想いを伝えたら親身になって相談に乗ってくれるであろうし、これほど頼りになることはないのだが。

——あたしがしでかしたことなら好いが、彦太郎さんのことを言えば、あの人を信じていないことになる。

打ち明ければ竜蔵は、目明《めあ》かしの半次などを動かして彦太郎の様子を窺《うかが》うであろう。

そのことが頭をよぎり気が引けたのだ。

——あの人がもし何かをしでかしたのであれば、その不幸をまず一緒にかぶってあげるのが女房の務めだ。

お辰はそんな細々《こまごま》とした夫婦の心の機微を、今や剣術道場の師範として威風に充ちた峡竜蔵に持ち込もうとした自分を恥じたのだ。

彦太郎には峡竜蔵を訪ねたと言えないが、三田二丁目に足を運んだことでお辰の揺れ動く不安な心にふん切りがついた。

それからお辰はそっと見守るのではなく、彦太郎に自分の想いをぶつけるようになった。

今朝は仕事に出かける彦太郎に、

「お前さん、普請のことで頭がいっぱいだと言ってはいるが、何か他にもあれこれ気になることがあるのじゃあないのかい。あたしはお前さんの女房なんだよ。何でも話しておくれな」

と声をかけた。

「何か他にも気になること……。そんなものはねえや……」

彦太郎は憮然《ぶぜん》としてこれに応えた。

お辰の想いとは裏腹に、彦太郎はあれこれ自分のことを気にかけて、詮索《せんさく》するような口を利く、このところのお辰が疎《うと》ましくなっていたのである。

次第に怒ったような口調になる彦太郎の様子は、心の内に屈託を抱えていることを同時に表わしていた。

「いってえおれが何を気に病んでいるってえんだ」

本来、小心で臆病な彦太郎は、それを糊塗《こと》するために怒って見せた。

ありきたりの男がする感情の表わし方であることを、心の内ではわかっていながら、つい怒ったような口調になる。鍍金《めっき》がはげてきている自分に気付いているからこそ、なおさら苛々《いらいら》するのである。

「また、どこかでもめ事でもおこしたんじゃあないかと気になっているのさ」

「何だと……」

「あたしにはわかるのさ。仕事の他のことでお前さんが苦しんでいることが」

「何を吐《ぬ》かしやがる。わかったようなことを言うんじゃあねえや」

「いいじゃあないか、お前さんに苦しいことがあるならあたしも一緒に苦しみたいんだよ。それが夫婦ってものじゃあないか」

「うるせえ！　おれは女房を苦しませるようなのろまじゃあねえや！」

「お前さん……」

「いいからお前は引っ込んでろ！」

思わず怒鳴り声をあげてしまったことに、彦太郎はばつが悪く、その場から逃げるように仕事へ出た。

「どうかしたのかい……」

声をあらげる彦太郎を珍しがって、近所の女房が井戸端からお辰に声をかけた。

「大きな仕事を任されて、何だか気が立っているんですよう。まったく憎たらしいったらありゃしない……」

お辰はそれに落ち着いて、大工の女房らしく返した。

「あんたのところもいよいよ夫婦になっちまったか……」

井戸端からどっと笑いがおこった。

遠慮なく怒鳴り合えるようになれば、それが本物の夫婦になった証《あかし》だと、女達は一様に思っているようだ。

お辰もまたそういう夫婦になりたいと思っている。

しかし、彦太郎の方が今はまだその想いに至っていないのは明らかなのだ。

彼は未《いま》だ惚れ合って一緒になった頃のままの想いでいて、女房にいい恰好が出来ないことに我を忘れるほどに苛立っているのである。井戸端の女房達が言うところの夫婦になどまるで成り切れていない彦太郎とお辰であった。

お辰は自分達夫婦の間に確《しか》と生まれた屈託を女房達に気付かれまいとして、彦太郎を見送って木戸の外へと出た。

気短かで憎たらしい亭主に腹を立てながらも、やはり気になって表まで見送る――そんな女房を演じた。

こういう取り繕《つくろ》いの芝居はお辰の方が彦太郎よりはるかに上手であった。

ふっと溜息《ためいき》をつくお辰の視界に彦太郎の姿は既になかった。

つい苛々として怒鳴ってしまったことが、器量の小さな男に思え恥ずかしくなったのであろう。彦太郎は一目散に駆け去ったようだ。

――どこまで恰好をつけるつもりなんだい。

むしろあんな風にしょっちゅう怒鳴ってくれた方が、あれこれ話を聞き出し易《やす》いのにと思いながら踵《きびす》を返すお辰に、

「なかなか好い男じゃあねえか……」

背後から野太い声がかかった。

「兄さん……」

思わずその言葉が口をついてお辰は口ごもった。

「兄さんと呼びゃあ好いよう……」

そこには峡竜蔵が立っていて、ニヤリと笑ってお辰を見ていた。

四年前、竜蔵の妹を騙《かた》ったことを涙ながらに詫びた時、

「お辰、何も言うな。おれのことは兄さんと呼びゃあいい」

と、優しくかけてくれた声音《こわね》と少しも変わっていなかった。

「どうして……。わざわざこんな所まで……」

お辰は思わず声を詰まらせた。

「何を言ってやがんだ。今さっきここを駆けていった大工が彦太郎っていう亭主なんだろう。いつになったら連れてくるんだよ。何も言っちゃあこねえから苛々して、いっそこっちから訪ねてやろうと思ったんだよ」

竜蔵は歯切れよく妹分を叱りつけるようにしてから、

「おまけに、どうもお前の様子がおかしかったからな……」

今度はしみじみと労《いたわ》るように言った。

彦太郎の屈託が手に取るようにわかる自分もまた、竜蔵に心の内を読まれていたと

は――。

情けないのと、竜蔵の姿を見てほっとしたのが重なり合って、お辰は泣いたような笑ったような、何ともおかしな顔となった。

「はッ、はッ、何て顔をしてやがんだよ。ちょいとそばでも付き合いな。あれこれ話を聞こうじゃねえか……」

竜蔵はお辰を促すと、初夏の日射しを浴びた表通りを、ゆっくりと歩き始めた。

四

「ふん、ざまあねえや……」

その夜――。

仕事を終えた彦太郎は一人で品川台町にある居酒屋にいて苦い酒を飲んでいた。

この店には初めて来た。

日頃、品川台町に足を踏み入れることもなかった。

彦太郎は誰とも会いたくなかったのである。

今朝出がけについ苛ついて女房のお辰を怒鳴ってしまったことが気にかかって、すぐに帰りたくはなかった。

こういう時は飲んで遅く帰って、そのまま横になって眠ってしまうに限る。そうすればあれこれお辰と話さずとも済むし、翌朝も慌《あわただ》しく仕事に出てしまえば、またお辰を怒鳴ってしまうことはないであろう。

世の男どもが女房の口封じに使うありふれた手を、まさか自分自身が使うことになろうとは思いもかけなかったが、このところのお辰は妙に恐《こわ》かった。

所帯持ちの大工仲間が何かというと、

「うちの嬶《かか》あがよう……」

としかめっ面をするのを見る度に、女房なぞ何が恐いのだと思ったものだが、自分も所帯を持ってわかった。女房というものは口で言い表わせない恐さを常にその身から漂わせていることを――。

傍《そば》にいればいたで恐いし、離れていてもその存在を思い出す度に何やら恐ろしい。

だが、わかったからといって、こんな日に仲間や弟分と一杯やって、それを口にしてしまうようなことがあっては恥ずかしい。

今、彦太郎は腕っ節が強く、大工の腕も好い〝兄ィ〟として通っているのだ。迂闊《うかつ》に人に弱味を見せることなど出来ない。

それゆえに人知れずこの居酒屋で飲んでいるわけだが、店の入れ込みはなかなかに広くて、客は近くの車力《しゃりき》や人足《にんそく》、駕籠《かご》屋などが多いようであるから知った顔もなく、隅で一人飲んでいれば目立つこともない。

――やはりおれは小心で臆病者だ。

彦太郎は自問しながら酒に嫌な思いを紛らわせつつ、時を潰《つぶ》している。

だが、飲めば飲むほどに、このところお辰が、何かに勘付いたかのように自分を気遣うようになったことが気になってくる。

――まさかお辰の奴、あの事に気付いたんじゃあねえか。

〝あの事〟に思いが及んだ時であった。

「おや、よく会いますねえ……」

店に商家の番頭《ばんとう》風の男が入ってきて、彦太郎が座っている入れ込みの座敷のすぐ傍に腰を降ろした。

「あっしに何か用ですかい……」

彦太郎はたちまち仏頂面となって、低い声で応えた。

「用ってほどでもありませんよ。たまたま前を通りかかったらお姿をお見かけしましたのでね。ここはわたしが持たせていただこうと……」

「文五郎《ぶんごろう》さん、そうやっておれを見張っているつもりならよしにしてくんねえ」

彦太郎は酔いも手伝って、きつい目で文五郎という中年男を見た。

「見張っているなどと人聞きが悪うございますよ。わたしはもっとお前さんとお近付きになりたいと思いまして……」

文五郎は構わず煙草盆《タバコぼん》を引き寄せて一服つけると、囁《ささや》くように言った。

出来るものなら会いたくはない――。

彦太郎にとって文五郎はそういう男のようだ。

「お酒を飲みたいのならうちの店へ来て下さればよろしいものを。主も喜びましょう……」

「ご免なさいよ……」

彦太郎はちろりと盃と小鉢が載っている折敷《おしき》を持ち上げ、座敷の上を移った。

「ちょいと彦太郎さん、そんなつれないことをするもんじゃありませんよ……」

文五郎が袖《そで》を引いたのを彦太郎は振り払った。だが、酔いに足がふらついて、近くにいた人足風の二人連れにぶつかった。

「おっと、すまねえ……」

詫びようとした彦太郎であったが、その言葉を言い終わらぬうちに、

「何しやがるんだ。この間抜け野郎が！」

とばかりに頬桁《ほおげた》を殴られ倒されていた。

見知らぬ店に入ったのがいけなかった。

知った店なら、男達から一目置かれている彦太郎をいきなり殴りつけるような奴はいない。

それだけに一人でゆっくり飲めたのだが、この辺りで知られていない彦太郎は下手に喧嘩をすると相手の仲間が加勢してきて袋叩きに遭う恐れがあった。

こうなると小心と臆病が前に出て、酔ったふりを決めこんで、殴られたままで寝てしまえば、

「仕方がねえな……」

と済まされてしまうのではないか。

そんな弱気に襲われたのだが、次の瞬間、今しも彦太郎を殴りつけた荒くれの人足二人が宙を飛んでいるのが見えた。

店に居合せた浪人風の客が、えいやとこの二人を投げつけたのであった。

様子を見るに、二人に殴られた彦太郎がその勢いで折敷に載せていた酒器と小鉢を投げ出したのが、その浪人に当ったようである。

「何をいたすか！」

浪人は一喝するや人足風二人を、目にも止まらぬ早業で投げとばすと、今度は彦太郎の襟首《えりくび》を摑《つか》んで、

「慮外者め、顔を貸せ！」

恐ろしい膂力《りょりょく》で店から引きずり出した。

人の業とは思えない迫力と勢いに圧倒されて、彦太郎は声も出ず浪人のなすがままとなった。

「も、申し、お武家様……」

呼び止めた文五郎であったが、

「お前も仲間か！」

浪人は一声発したかと思うと、どんという鈍い音と共に文五郎を蹴《け》り上げその場で伸《の》した。

そして、口をもごもごさせている彦太郎の耳許で浪人は、

「心配するな……。おれは峡竜蔵ってもんだ……」

と、囁いたのである。

それから竜蔵は、彦太郎を促して、彼がお辰と暮らす長屋からほど近い二本榎の居

酒屋へと連れていった。

以前ここで富田巳喜蔵《とみたみきぞう》という竜蔵そっくりな男が、竜蔵の名を騙って、ただ酒にありついたことがあった。

その折、竜蔵は巳喜蔵を引っ立てながら己《おの》が無実を晴らしにこの店に来たのだが、それ以来この辺りを通りかかる時は顔を出すようにしていたから、店の主人とは顔馴染になっていた。

主人は自分が帳付けなどをするのに使っている板場の奥の小部屋を竜蔵のために空けてくれた。

今日はまず彦太郎を見つけたら、ここで一杯やろうと思って、竜蔵はあらかじめ頼んであったのだ。

「こんな店があったんですねえ……」

小部屋に通されると彦太郎はぽつりと言った。

「住んでいる長屋からは目と鼻の先だってえのに、まるで気付きやせんでしたよ……」

「まあ、店なんてものはそんなもんだが、お辰がこの辺に住んで一年余りになるというのに、今まで気付かなかったのも不思議だぜ」

「申し訳ありやせん……。お辰があっしと、その……、子を連れてご挨拶《あいさつ》に行きたい……。なんて言うもので……」

「馬鹿な奴だねえ、それまでおれに見つからねえとでも思ったのかい……。ふッ、ふッ……」

「まったくですねえ……」

引きつっていた彦太郎の表情がやっと綻《ほころ》んだ。

ここへ来るまでの道中。

竜蔵はお辰が一人で道場を訪ねてきたことは伏せて、偶然にお辰らしき女を見かけたので探していたところ、二本榎の裏店にいることがわかった。

それで訪ねてみれば、今朝の夫婦喧嘩に行き当ったのだと彦太郎に告げた。

彦太郎はお辰から何度となく峡竜蔵の人となりを聞かされていたから、細々とした互いの紹介はいらなかった。

お辰は今朝のことを気にしていたし、彦太郎もまた、気にしているに違いないと言う。幸いにも今朝はすれ違いに彦太郎の顔を見ていたので、

「ここはまずおれに任せておけと言って、お前の行方《ゆくえ》を探していたのさ」

彦太郎は竜蔵からそう言われて、

「そ、それであっしなんぞをわざわざ……」

恐縮して畏まったものだ。

「お辰から聞いちゃあいなかったか。峡竜蔵って男は剣術道場なんか構えちゃあいるが、何か心に引っかかることがあれば、気がすむまで暴れ回る馬鹿だとよう」

そして何気ない様子で言った言葉に圧倒された。

お辰から聞かされていた峡竜蔵という男はお辰の思い出の中で美化された偶像にすぎないと彦太郎は心のどこかで思っていた。

お辰にあれこれ世話を焼いたのも、兄貴分としてだけではなかったのではないか、腹の底ではあわよくばお辰を自分の女にしようと思っていたのに違いない。

そんな風にうがった見方をしていたことが男として真に恥ずかしくなった。

世に自分のことを馬鹿だと言う男は多い。

だがほとんどの場合、〝馬鹿〟という言葉は自分の身を飾る言い回しで、そこにいささか、

「おれは好い男だろう」

という響きが隠されているものだ。

それが、峡竜蔵が言うとそこに嫌味はまったくなく、心底己の馬鹿を嘆く男の愛敬《あいきよう》

がたちまち漂ってくるのだ。

「とにかく会えてよかったよ」

竜蔵は店の主が運んでくれた空豆の塩茹《しおゆで》と川海老《かわえび》の塩焼を彦太郎に勧めつつ、自らもこれを口に運び、うまいと大きく頷いた。

彦太郎は胸がいっぱいになり、ちろりの酒を竜蔵に注《つ》いで、

「それにしても、あっしがあの店にいることをよく突き止められましたねえ」

「日頃、お前がよく行く店じゃなくて、二本榎から近《ちけ》え所を人に訊いて訪ね歩いたんだよ」

「あっしが日頃行かねえ店をですかい」

「そりゃあそうだろう。おれには女房がいねえが、男ならこんな日は行きつけの店じゃあ飲みたかあねえもんだ」

「恐れ入りやす……」

「これで随分と探したんだぜ。行きついてみりゃあ、お前は酒に酔って下らねえ野郎に殴られているところだった。あれくれえの奴らに後れをとることもねえだろうし、放っておけばよかったんだが、あんな風に連れ出した方が後腐れがなくて好いと思ったのさ」

竜蔵は彦太郎の腕っ節を称えてやることも忘れなかった。

「面目ねえことでございました……。先生が来て下さらなかったら、とんだ恥をかいておりやした……」

「まあ、酒には気をつけることだ。お辰がお前のことを案じていたぜ。恰好ばかりつけてなかなか心を開いてくれねえとな……」

「ヘッ、ヘッ、何もかもお辰にはお見通しだったんですねえ」

「さあ、お前達夫婦のことはわからねえが、女を甘く見ちゃあいけねえよ」

「そうでございました……」

彦太郎は小さく笑った。

何やら久しぶりに晴れ晴れとした心地になっている自分がそこにいた。

——なるほど、お辰も四年前、こんな気持ちになったのか。

こんな〝兄貴分〟なら誰だって傍にいてもらいたいはずだと、つくづく納得させられた。

この四年の間にさらに人として大きくなった峡竜蔵を前にしては、どのような見栄も取り繕いも不要であったのだ。

次第にその表情から屈託の色が消えていく彦太郎を見てとって、竜蔵は止《とど》めを刺す

ように、

「だが彦さんよ。おれはお前の気持ちがよくわかるぜ。お前、とてつもなくお辰に惚れちまったんだな……」

　冷やかすように、詰るように、満面に笑みを浮かべて言ったものだ。

　たちまち彦太郎の顔は泣き笑いとなった。

「へい。さようでございます。気持ちがわかると言って下さいましたので、ぬけぬけと申しますでございます。もうぐうの音《ね》も出やしません。あっしはあいつが可愛《かわい》くて可愛くて仕方がねえんでございます。一緒になって一年余りになろうってえのに、ますます惚れた想いがつのってきやがる……。だからあっしは、峡先生のことをお辰に聞かされた時に、こいつは強《つえ》え男が好きなのかと、馬鹿な勘繰《かんぐ》りをしちまったのでございます……」

「おいおい、兄貴分と張り合おうって奴があるかい」

「いいえ、張り合うも何も、あっしのしたことは、竜の姿を見たこともねえうつぼが、ちょっとばかり大きな歯があるからっていい気になって、竜を真似《まね》たつもりで手当り次第に噛《か》みつく……。そんなところでございます……」

　彦太郎は、ものを知らぬということがこれほどまでに恐ろしいとは思いもよらなかった、と俯《うつむ》いた。

強い男になりたい。お辰に好いところを見せたい。

その想いで喧嘩の真似事をして悦《えつ》に入《い》っていたが、今日、峡竜蔵に出会って鬼神が舞い降りたかのような手並を見て、自分がしていたことがいかに子供騙しで恰好の悪いことか思い知ったと、彦太郎は竜蔵に思いの丈《たけ》をぶちまけたのであった。

「お前は恰好悪くはねえよ」

竜蔵は宥めるように言った。

「惚れた女に好いところを見せようと思ったたって、そうた易く喧嘩などできるもんじゃねえよ。それにお前は理不尽に弱《よえ》え奴に喧嘩を売ったわけでもねえ。大工の仕事をおろそかにしたわけでもねえ。お前はお辰には過ぎた好い亭主だよ」

「先生……。そう言っていただけりゃあ本望でございます。でもねえ、女房に気苦労をかけるようじゃあ、好い亭主とは言えませんや……」

「それをわかっているならもう言うことはねえや。お前が心の内に抱えちまった屈託を、お辰の兄貴分のおれがまず聞こうじゃねえか。どうせ喧嘩の後始末がこじれてしまったんだろう」

「いえ、それは……」

「いいから言ってみろ。止《や》むに止まれぬ理由で誰かをぶん殴っちまったら、そこから話がややこしいことになったりするのが喧嘩のいけねえところだ。そういうおれも何度命を狙《ねら》われたことかしれねえ」

「先生が、命を……」

「ああ、その度に返り討ちにしてきたが、こいつがまた面倒なことでな……。とはいえおれは日頃、生き死にの境目を生きる剣客だからこんなことも役に立つが、大工のお前には無用のもんだ。悪いようにはしねえからお辰のためだと思って、洗いざらいぶちまけてみろよ。それとも何かい、今日会ったばかりじゃあまだ下手なことは言えねえかい」

竜蔵は声に情を籠めて、彦太郎を覗《のぞ》き込むように見た。

彦太郎はもういけなかった。

お辰から噂を聞いていた峡竜蔵とは、言われてみれば今日初めて会った。

だが、その強さと優しさと、有無《うむ》を言わせぬ男の気合がたちまちのうちに彦太郎の屈託を打ちくだいていた。

「先生……。ありがとうございます。若《わ》え頃《け》は暴れ者であったとお聞きしやしたが、今じゃあ立派なやっとうの先生……。そんなお方に下らねえあっしの悩み事をお聞かせするのは気が引けやすが、どうかあっしの馬鹿な話を聞いてやっておくんなせえ……」

彦太郎はきゅっと一杯酒を飲み干すと、座り直して両手を膝《ひざ》につけ、上目遣いに竜蔵を見た。

五

一月ほど前のことであった。

その日彦太郎は仕事が休みで、お辰と連れ立って、車町にあるそば屋へと出かけた。

ここは芝海老の天ぷらが名物で、時折二人で出かけては芝海老とかまぼこで一杯やって、仕上げにそばを食って帰るのが、もう決まりのようになっている。

恋女房とやったとったを重ねた後、春の浜風を身に浴びて家へと戻る――。

幸せな一日であった。

ところがその帰り道。彦太郎のささやかな幸せを乱すけしからぬ男が、春の宵に浮かれたか、外売りのおでん屋を借り切ったようにして酒を飲み、道の真ん中でだみ声をあげていた。

男は自分と同じ年恰好であるが、体つきはやや細身で尖《とが》った顔をしている。

おでん屋の親爺《おやじ》は申し訳なさそうな顔をして彦太郎を見た。

外売りのことゆえ、さっさと他の場所へ移って客を探したいところなのだが、どうも面倒な客につかまってしまったというところなのであろう。

彦太郎は、お前も大変だなという表情で親爺に会釈すると、

「ちょいと通してくんねえ……」

苦味走った声で男に言った。

「通してくんねえ……だと？」

男は彦太郎の言い方に、いかにも迷惑そうな怒気が含まれていると受けとったのであろう。

「おれが道につっ立ってちゃあ迷惑だってえのかい」

と絡み出した。

「迷惑だとは言っていねえや。道を開けてくれと言っているんだよう……」

彦太郎はお辰の前でもある。ここは貫禄をもって言い返した。

しかし、この酔っ払いも日頃はそれなりに男伊達《だて》を気取っているようで、

「道を開けてもらいたきゃあ、押して通りゃあいいだろうよ」

こっちもどすの利いた声を返してきた。

「何だと……」

気色《けしき》ばむ彦太郎の袖をお辰が引いた。

男はそれを認めて、ますます気に入らなくなる。

「何でえ、そいつはお前の情婦《いろ》かい。一杯酌をしてくれるなら通してやっても好いぜ……」

薄ら笑いを浮かべてからかった。

「野郎……」

恋女房をからかわれてはもう黙っていられない。

考えてみれば彦太郎は、お辰の前で腕っ節の強さを見せたことがなかった。こうなったらちょうど好い機会である。見れば相手は酔っているし、これくらいの男が一人ならわけもないであろう。

その時のことを思い出すと彦太郎はつくづく恥ずかしくなる。

「こいつをぶん殴って、峡先生の向こうを張ろうなんて馬鹿なことを考えたんですからねえ」

「だが、伸してやったんだろう」

竜蔵は講釈を聞くように楽しげである。

「へい、そりゃあ、まあ……。そんなら押して通ってやらあ……！　てなことで……」

彦太郎はそう言うや、男を殴りつけて、向かってくる男の利き腕を取って、そのまま傍に立っていた桜の大樹にぶつけてやった。

そして、

「口ほどにもねえ野郎だ。親爺さん、今のうちに場所を変えることだな。お辰、行くぜ……」

彦太郎はおでん屋の親爺にも声をかけてやる余裕を見せて、恰好よくお辰を連れて家へと戻ったのである。

「ですがねえ、それがそこからとんでもねえことになっちまいましてねえ……」

「その奴の仲間が出て来やがったか」

「仰《おっ》しゃる通りでございます」

「何て野郎だ……」

「兄弟《きょうだい》熊《ぐま》っていう、やくざ者の兄弟《あにおとうと》でございます……」

「ほう、その名は聞いたことがあるぜ……」

このところ顔を合せていないが、この界隈には峡竜蔵を親分と慕う、白金台《しろかねだい》の金貸し、野州屋《やしゆうや》鮫八《さめはち》と高輪《たかなわ》の口入屋《くちいれ》・真砂屋由五郎という俠客がいる。一時、野州屋と真砂屋は若い者同士が諍《いさか》いをおこして一触即発の事態となったが、峡竜蔵の仲裁によって手打ちとなり、以後は互いに〝兄弟〟と呼び合う仲になっていた。

ゆえにこの界隈は鮫八と由五郎が手を取り合うことでおかしな者がのさばらず、随分と平和な日々が続いていたのだが、そこに一年ほど前から熊吉《くまきち》、熊次郎《くまじろう》という暴れ者〝兄弟熊〟が流れてきて幅を利かせ始めたという。

二人は共に中間崩《ちゆうげん》れで、あれこれ鉄火場を潜《くぐ》ってきた喧嘩無敵の男であった。噂によるとここへ流れてくる前に、人を何人か斬《き》っている札付《ふだつ》きの破落戸であるそうな。

二人とも相撲《すもう》をとっていたのかと思わせる巨漢で、一旦暴れ出したら手が付けられないほどの凶暴な男であった。

鮫八も由五郎も苦々しく思っている存在なのだが、かかわり合いになるとろくなことがないので相手にせずに見守っている状態であるらしい。

それを好いことに兄弟熊は、二本榎から高輪にかけて盛り場をうろつき、賭場《どば》を勝手に開いたりもし始めた。

今では何人か若い者を出入りさせ貸元気取《かしもと》りになっている。

真砂屋由五郎は竹中庄太夫の昔馴染で、子供の頃は由五郎が庄太夫を苛《いじ》め抜いたという恩讐《おんしゅう》を超えて今では仲が好い。

それで由五郎が庄太夫に兄弟熊のことを、

「面倒な奴が流れてきやがったのさ」

とこぼしていたことから、竜蔵はこの状況を庄太夫から聞いて知っていた。

「鮫八も由五郎もだらしがねえな……」

嘆きつつ竜蔵は、このところ赤石郡司兵衛が催す仕合への参加のため稽古に忙しく、男伊達の世界にかかわるつもりもまるでなかったので忘れていたのだ。

「そうかい、お辰の前で痛めつけてやった男は、兄弟熊の身内だったたってわけだな……」

「へい……。由松《よしまつ》っていう三下《さんした》でした」

由松を伸してから数日後の帰り道。

彦太郎は熊吉、熊次郎兄弟に待ち伏せされて、泉岳寺《せんがくじ》の裏手の人気《ひとけ》のない境内《けいだい》に連れ込まれた。

二人の傍には由松がいて、

「うちの若え者を痛めつけてくれたそうだな」

お決まりの台詞《せりふ》を兄弟熊が発したのだ。

噂には聞いていたが、兄弟熊が醸《かも》す殺気は尋常でなく、まずどんと突き倒され段違いの強さを思い知らされてからは蛇に睨《にら》まれた蛙《かえる》となった。

「お前も、お前の女房もぶち殺してやる……」

熊吉に凄《すご》まれて彦太郎は戦慄《せんりつ》した。

この連中に捨てるものは何もない。それに反して彦太郎には〝兄ィ〟と頼られる大工の仕事も、可愛くて仕方がない恋女房もある。それをこの連中にずたずたにされることが何よりも恐ろしかった。

「あっしはもうどうしようもなく慌ててしまいやした。何たって由松を痛めつけたのはあっしの方なわけで……」

「何としてもお辰は守らねばならねえと思ったんだな……」

「へい……。それでとにかくその場を逃げられねえかと思案していますと、〝白瀬《しらせ》屋《や》〟の旦那が通りかかって助けてくれたんです……」

「白瀬屋……か」

竜蔵はなるほどそういうことかと内心で納得した。

しばらくお辰夫婦のことはそっとしておこうかとも思った竜蔵が、この日お辰を訪ねたのには理由《わけ》があった。

国分の猿三があれこれ彦太郎のことを調べた後、親分の網結の半次がさらに彦太郎に不審な点がないか調べてみたところ、彦太郎が近頃この白瀬屋によく出入りしていることを摑んだのである。

白瀬屋については以前から、北町奉行所定町廻《じょうまちまわ》り同心・北原秋之助《きたはらあきのすけ》が目をつけていた。

主の住蔵《すみぞう》は駿府《すんぷ》から流れてきたことになっているが、その出自《しゅつじ》は定かではなく高輪南町の高台にある閑静な料理屋には、店に不似合なやくざ者風の男達が出入りした。

「いつか正体を見せるかもしれねえから、気をつけておいてくんな……」

半次はそう言われていたのである。それで芝界隈に睨みを利かす浜の清兵衛にそっと問い合せたところ、仲間内ではないとのことであった。

「まったく猿三もまだまだ肝心なところが抜けていまさあ……」

半次はこれを早速竜蔵に伝え、竜蔵はすぐにお辰を訪ねることにしたのである。

だが竜蔵はそんな下調べをしていることなどはおくびにも出さずに、黙って彦太郎から成り行きを聞いた。

彦太郎が言うには、住蔵が以前の持ち主から料理屋を買い取って白瀬屋の主となったばかりの頃に、離れ座敷の改修を手伝ったことがあり、それ以来何かと贔屓《ひいき》にしてくれるようになったそうである。

それでこの時も通りがかりに住蔵が兄弟熊に、

「この彦太郎さんはわたしの店に出入りをしてもらっている大工さんだ。この人に手をかけるようなことがあったら許しませんよ……」

と言ってくれたという。すると兄弟熊は、

「白瀬屋さんがそう言いなさるなら今度のことは旦那にお預けいたしやしょう……」

すぐに引いたという。

「なに、あの兄弟には随分と金を貸してやっておりましてな。ああ見えて恩義には厚い男なのでわたしに任せて下されば安心ですよ……」

住蔵はそう言って彦太郎を安心させたのだが、

「今度は白瀬屋に借りを作ってしまいました」

「なるほど、どうせ破落戸に裏で金を貸す奴だ。ろくなもんじゃねえ。それで、白瀬屋は何を言ってきやがったんだ……」

「へい、それが……」

竜蔵に問われ、彦太郎は一瞬言葉を詰まらせたが、

「近々、あっしが普請を任されることになっておりやす、坂井屋さんの蔵の見取図がどんなものか教えてくれと……」

やがて絞り出すように言った。

「坂井屋……。本芝の線香問屋か」

「へい……。口で言ってくれりゃあこっちで描くと……」

「なるほどそういうことか……」

竜蔵はそれで呑《の》み込めた。恐らく白瀬屋住蔵は、日頃兄弟熊を飼い慣らし、目当ての相手を強請《ゆす》らせておいた上でこれを助けて恩を売り、あれこれ無理難題を吹っかけてきたのであろう。三下の由松が彦太郎に絡んだのは初めから仕組まれていたのに違いない。

大店の坂井屋の蔵の見取図ともなれば、闇の世界で高値で取り引きされるはずだ。

「ちょっとばかり教えて下さればいいのですよう。いえ、わたしもいつか坂井屋さんのような蔵持ちになりたくて、後学のためと言うのですかな、どのようなものをお建てになるのか知りとうございましてね……」

礼もはずむと住蔵は言う。そしてこんな話を交した上からは、もう互いに切っても

切れぬ間となった。普請が終わる日に話は聞かせてもらうゆえに、

「それまでは好いお付き合いを……」

と、番頭の文五郎を見張りにつけ、下手な真似をすると兄弟熊をけしかけるぞと、真綿で首を締めるようにして、彦太郎に仲間にならずにはいられない圧力をかけたのである。

「ようくわかったよ。彦さんはそれで悩んでいたんだね」

「面目次第もございません……」

どんどん身を縮める彦太郎を尻目に、竜蔵は高らかに笑い出した。

「それくれえのことでよかったよ」

「それくれえのこと……」

「だってよう、お前はまだ何も普請のことについては話しちゃあいねえんだろう」

「へい、そりゃあ、まだ見取図も見せてもらっちゃあおりませんので……」

「だったら何も悪いことはしてねえんだ。その白瀬屋の住蔵って野郎は、お前を恐がらせてがんじがらめにしようとしているようだが、まったく下らねえ。奴もお前と同じだ。上には上がいることをまるでわかっちゃあいねえ。住蔵がどれほどの男か知らねえが、心配するねえ、こそ泥に毛の生えたくれえのもんだ。まあ、任せておきな。

妹分の亭主はおれにとっちゃあ弟分だ。話はおれがつけてやろうよ」
峡竜蔵に事もなげにそう言われて肩をぽんと叩かれると彦太郎の心と体を覆ってい
た靄《もや》は一気に吹き飛んだ。
暴力が人に恐怖を与え、その恐怖が人を縛り、通力《つうりき》に操られるように過《あやま》ちを犯し、
一度道を踏み外すと元に戻れなくなり悪の深みにはまっていく――。
竹中庄太夫がそれなりに剣を遣えるのに、弱かった時に覚えた恐怖が先に立ち、な
かなか自信を持てなかったことからもわかるように、人間の世界は恐怖によって作ら
れていくものなのかもしれない。しかも彦太郎ほどの男がその瀬戸際に立たされるこ
とになるとは真に恐ろしいものだ。だが、人と人とがうまく繫《つな》がってさえいれば何と
かなる。
竜蔵はそんな想いを胸にして、もう一度にこやかに頷いて見せた。そこにはかつて
の喧嘩師としての荒々しいばかりの峡竜蔵の姿はどこにもなかったのである。

六

その翌日の夕方のことであった。
料理屋〝白瀬〟に単身乗り込んだ彦太郎の姿があった。

「よく訪ねてくれましたねえ。文五郎から聞いて心配していたのですよ。何でも荒くれの浪人に酔ったはずみで酒をぶつけて、連れていかれたとか……」

住蔵の横で文五郎が、昨夜竜蔵に蹴られた脇腹をさすりながら頷いて見せた。

文五郎はしばらく起き上がれず、何とか自分の家に戻ったものの、今日も昼まで動けずにいて、やっとのことで先ほど彦太郎の受難を伝えたのであった。

坂井屋の見取図を手に入れるまでは大事な彦太郎の身である。住蔵は心配していただけにこの来訪を喜んだ。

見れば彦太郎は無傷のようだし、その表情も晴れ晴れとしている。

「やっと彦太郎さんも、その気になってくれたようだねえ……」

住蔵はそのように捉《とら》えたのだが、

「その気になった？　ふざけてもらっちゃあ困りますよ。おれは昨日ご浪人にひとつ喰らわされて目が覚めた。どうしてお前に馬鹿げたことを頼まれた時、即座にきっぱりと断らなかったのかとよう」

彦太郎は意外にも住蔵を詰るように言った。

住蔵は鋭い目を向けたがすぐに笑って、

「断らなかったのは、わたしのお蔭で命知らずの兄弟熊に殺されずに済んでいるからじゃあないのかい」

したり顔で応えた。

「ふん、喧嘩の仲裁をしたくれえで恩に着せるんじゃあねえや」

彦太郎はこれを嘲笑《あざわら》った。

「そうかい、そんならあの血に飢えた兄弟熊をいっそけしかけてやろうかねえ」

「そんなことは出来ねえよ。おれはたった今、兄弟熊に会ってきた」

「会って来ただと……」

「ああ、悪事に手を染めるくれえなら、熊に殺された方が好いと思ってよう」

「ほう、大した度胸じゃあねえか。それで殺されずに熊退治をしてきたってえのかい！」

住蔵はついに本性を出した。女房に恰好をつけたいゆえに腕っ節を誇り出した彦太郎が、その実、小心で臆病で、今の暮らしを乱されたくない想いに充ちていることを突き止めた上からは、とにかく女房に危害が及ぶぞと脅せばどうにでもなると高を括《くく》っていたのである。

「ああ、見事にお天道様がおれを助けて下さって、熊はきれいに退治されたよ」

「何をわけのわからねえことを言ってやがんだ。この腰抜け野郎が！」

「やかましいやい！」

彦太郎が叫んだのが合図であった。

店に全身瘤《こぶ》と痣《あざ》だらけになった熊吉と熊次郎が、ぶるぶる震える由松と共に、七人の若侍に引っ立てられるように入ってきた。

先頭に立っているのは神森新吾で、他は津川壮介《つがわそうすけ》、岡村市之進《いちのしん》、古旗亮蔵《りょうぞう》、八木新之助《しんのすけ》、渡辺雄吉《ゆうきち》、松原雪太郎《ゆきたろう》——いずれも峡道場の精鋭である。

半刻（約一時間）ほど時をさかのぼる——。

彦太郎は熊吉、熊次郎が拠《よ》る白金猿町の外れにある百姓家へと出かけた。ここは空き家であったのを兄弟が勝手に借り受けて住んでいるのだが、今では常時乾分が五、六人ごろごろとして、誰もが恐れる兄弟熊のおこぼれに与《あずか》っているのである。

彦太郎が前に立つと、たちまち鬼の眷族《けんぞく》達が現れるように由松が乾分の先頭に立って、

「やい、手前何をしに来やがった。白瀬屋の旦那の取りなしがあるからって好い気になるんじゃあねえぞ！」

と、からかい始めたのだが——。

「お前こそ引っ込んでやがれ！」

言うや彦太郎は由松を殴りつけた。

驚いたのは乾分達であった。

「こ、こいつ、気がふれちまったぞ……」

熊吉、熊次郎が家の内から顎《あご》をかきながら出て来た。

白瀬屋の手前、生かしてはおくだろうが、その辺の浪人の用心棒などはその姿を見ただけでこそこそと逃げ出すほどの兄弟なのだ。彦太郎ごときになめられたと知るや新たな恐怖を植えつけるために、徹底的に痛めつけるであろう。

それをのこのこ一人でやってきて、兄弟熊を前にして逃げ出さぬとは気が触れたとしか言いようがない。

「おう！　殺されに来てやったぜ！」

彦太郎は胸の鼓動を抑えながら叫んだ。

「ヘッ、殺しゃあしねえ。生き地獄に連れていってやらあ」

兄弟熊は不気味な笑みを浮かべてじりじりと彦太郎に迫った。その時であった。

「おお、これは彦太郎殿ではござらぬか……これ、乱暴はおよしなされ……」

と、割って入った若侍があった。

手には風呂敷包み、着流しでいかにも食い詰め浪人の体でやって来たのは峡道場門人・古旗亮蔵である。

「三一《さんぴん》、引っ込んでろい！」

大した武士でもないと見て、どんと熊次郎が亮蔵を突いた。

「な、何をする……」

亮蔵はわざと激しく転んで、慌てて風呂敷包みを解くと中には茶碗の箱があり、そこから割れた茶碗が出てきた。

「こ、これは……！」

亮蔵が大仰《おおぎょう》に叫んで見つめる割れ茶碗には葵《あおい》の紋が入っていた。

「何だこの野郎は……」

よく事態が呑み込めぬ兄弟熊とその乾分達は、きょとんとして眺めていたが、そこにぞろぞろと傍《かたわ》らの竹藪《たけやぶ》から神森新吾と彼が率いる五人の若侍が出てきたのである。

「どうした古旗！」

新吾が叫べば、他の五人は一斉に、割れた茶碗を見て絶叫した。

それからは――。

「我らは皆将軍家直参《じきさん》の者である。おのれ、事もあろうに葵の御紋の入った茶碗を割りよったな！　覚悟しろ！」

言うや若侍達は片肌脱ぎとなった。その筋骨隆々たる七人の勇姿を見せつけられて、さすがに凶暴の二文字しか脳みそに詰まっていない熊吉、熊次郎にも焦《あせ》りの色が浮かんだが、次の瞬間、新吾得意の飛び蹴りが熊吉の顔面を捉えていたというわけだ。

こんなことに、大事の仕合を控えた竜蔵が出向くことはないと、古旗家の先祖が大昔拝領していつの間にか割れてしまっていた茶碗を持ち出しての一芝居だが、

「おいお前ら、そいつは性質《たち》の悪い強請《ゆすり》じゃあねえか……」

竜蔵はそう言って苦笑いを浮かべたものだが、新吾は、

「やくざ者に話を通すこつを教えて下さいましたのは先生ではございませぬか……」

爽《さわ》やかに笑って今日を迎えたのである。

上には上がいる——。

たちまち兄弟熊とその乾分達は、峡道場の若武者にその真理を体に叩き込まれ、この白瀬屋に兄弟熊と由松は連れてこられたのである。

住蔵と文五郎は呆然《ぼうぜん》とした。

「おい白瀬屋、この彦太郎殿はな、我らが通う峡竜蔵先生の道場に出入りをしてもらっている大工なのだぞ。この御仁《ごじん》に手をかけたら我らが許さぬ！」

新吾の一喝に住蔵は戦《おのの》いた。この地にやって来た時に、少々暴れてもこの辺の者は

皆大人《おとな》しいから大事はないが、ただ一人だけ何があっても相手になるな——そう言われていたのが峡竜蔵その人であったのだ。

「これ白瀬屋、この兄弟がお前に頼まれて、彦太郎殿を強請ろうとしたことを白状したぞ。この割れた茶碗共々、何とするのだ！」

堂々たる新吾の譴責《けんせき》に、住蔵、文五郎ともにあたふたとして、

「お、お待ち下さいまし、これは、その、何かの思い違いでございまして……」

弁明を始めたが、さらにそこへ、

「何やら内が騒がしいようだが、何かあったのか……」

見廻り中の北町同心、北原秋之助が、見習いの息《そく》・平馬《へいま》と、手先の網結の半次、国分の猿三を引き連れて入って来たのであった。

住蔵は自分の甘さに今になって気付き、がっくりと肩を落した。

その姿を上から見下ろして、彦太郎はしっかりとした足取りで店を出た。

神森新吾達はきょとんとしてその姿を見送ったが、彦太郎は表へ出たところで人知れずへなへなと座り込んだのである。

七

凶悪な兄弟熊はもちろんのこと、白瀬屋を隠れ蓑《みの》にあれこれ悪事に手を染めていた住蔵、文五郎一味の者は役所で詮議を受けた後、牢へ放り込まれた。

彦太郎、お辰夫婦を襲った難は消えてなくなったが、彦太郎は何もかも親方に打ち明け坂井屋の普請から外してもらいたいと願い出た。

彦太郎が思い止まったゆえに無事に蔵の建て増しも出来るし、犯行を未然に防ぐことにもなったと坂井屋の主人も喜んでいることであるし、その必要はないと親方は伝えたが、

「あっしに隙《すき》があったことでございます。今まで通り手間取りで使ってやって下さるだけでもありがてえと思っております……」

彦太郎は頑《かたくな》にこれを拒《こば》んだという。

「あたしはまったく申し訳ない想いでいっぱいでございますよ……」

事が済み、まず単身峡道場へ挨拶に来たお辰は、稽古場の出入口で竜蔵と肩を並べながら、門人達の熱気あふれる稽古を眺めてうっとりとした声で言った。

「亭主が道を踏み外しそうになるほどに惚れさせてしまったと言うのかい。お前も罪

な女だなあ」

竜蔵は冷やかしながら、お辰を肘《ひじ》でつついた。

「兄さんが悪いんですよう」

「何でえ、おれが悪いのかよ」

「そうですよう。うちの人は兄さんの真似をしたんですから」

「はッ、はッ、そうだったな。お前の亭主もめでてえ野郎だ」

「まったくですよ……」

「だが、そんなところもひっくるめて、彦太郎は好い男だ。おれは気に入ったぜ」

「よかった……。兄さんに気に入ってもらえたなら何よりですよ」

「お前がこの前おれを訪ねてきたことは言わねえでおくよ。しっかりとかわいがってもらいな。父親の顔も知らず、母親にもなかなか構ってもらえなかったお前だ。これから幸せになりゃあいい」

「あい……」

「彦太郎は坂井屋の普請から身を引いたことでまた男が上がるぜ。この先子を生し、何かってえと皆で訪ねてくりゃあいいさ」

竜蔵はいつもの笑顔でお辰を見たが、彼女の顔は感慨に充ちていて、何かを堪えているような顔付きであった。

「いえ……。何かというと訪ねに来る……なんてことはできません……」

　やがてお辰はぽつりと言った。

「おい、お辰……」

　何が気に入らないんだと宥める竜蔵の言葉をお辰は背筋を伸ばしてさえぎって、

「これからお偉い先生になっていくお方に、本当の妹でもないあたしが、いつまでも甘えるわけにもいきませんよ」

　きっぱりと言った。

「何言ってやがんでえ、いつかも言ったじゃあねえか、おれには妹がいっぱいいるんだと」

　竜蔵は困った奴だと首を傾《かし》げた。

「峡竜蔵というお人に妹は一人もいませんよ。兄貴分だなどと思っていたら、それこそおめでたい話ですよ」

「どういうことだ……」

「先生は妹だと思っていても、常磐津のお師匠のお才さんも、出村町にいるという綾さんも、峡竜蔵を兄だなどと本当は思っちゃあいませんよ。妹でいるなんてつまらない。でも住んでいる世界が違うから、一緒になれる人じゃあないと思うから、みんな妹でいることに辛抱しているんですよう……」

お辰はもう竜蔵のことを兄さんとは呼ばなかった。

恋しい男の傍にいることを楽しむように何度も熱い目差《まなざし》を竜蔵に送ると、やがて深々と頭を下げて、彦太郎と暮らす二本榎へと帰っていった。

——妹ってえのはつまらねえのかい。

お辰の言葉にたじろぐ竜蔵は、お才と綾の顔が浮かぶ頭を激しく揺さぶりながら、ゆっくりしていけよの一言もかけてやれず、ただお辰の後ろ姿を見送るばかりであった。

「何でえ、あの馬鹿。久しぶりに会ったたっていうのによう……」

やがて、竜蔵は踵を返した。

別れの道に照りつける強い日射しは、すっかり夏のものになっていた。

第三話　あこがれ

一

「眞壁《まかべ》さん、なかなか節回しの方もよくなってきましたよ」

「師匠、某《それがし》にはそういうおだては無用のことでござるよ」

「いえ、おだててなんかおりません。眞壁さんは何事にも真《ま》っ直《す》ぐ向かい合うお人ですから、上手になって当り前でございますよ」

「左様でござるかな。ならばその誉《ほ》め言葉、ありがたくいただいておこう……」

「ふッ、ふッ、相変わらず堅苦しいこと……」

「堅いかな……？」

「はい……。ふッ、ふッ、ふッ……」

　大目付を務める佐原信濃守の御側用人《おそばようにん》・眞壁清十郎《せいじゅうろう》は相変わらず、三田《みた》同朋《どうぼう》町に稽《けい》古場《こば》を開いている常磐津《ときわず》の師匠・お才の許《もと》に時折通っていた。

お才の実の父親である主君・信濃守の意を受け、お才をそっと見守るために入門した清十郎であった。

そして入門の後様子を窺《うかが》えば、お才には峡竜蔵という快男児が、兄貴分として近くに住んでいて、実に調子好《よ》く、快適な暮らしを送っていることがわかった。

それゆえに、清十郎が弟子として近付き、お才を見守ることの意義は薄れたのであるが、信濃守は峡竜蔵という男を大いに気に入り、娘のお才と竜蔵が築いている人の輪の中に自らも入りたくて堪《たま》らなくなった。

いつか折を見て父と娘であることを明かそうとその機会を窺おうとした信濃守は、清十郎の知り人の浪人・佐山十郎《さやまじゆうろう》として自らも微行《びこう》で弟子入りした。

これによって、主君の微行に付き合うためにも、清十郎はお才の弟子でありつづけなければならなかったのである。

しかし、父と娘であることを確かめ合わぬうちに、お才という娘がいることを政敵・大原備後守《おおはらびんごのかみ》に嗅《か》ぎつけられ、信濃守はお才をだしに命を狙《ねら》われた。刺客は峡竜蔵の活躍もあって退けたが、これによりお才に自分が時の大目付であることを知られ、信濃守はお才に父であることを打ち明ける間を失ってしまった。

以来、信濃守はお才の傍《そば》へ寄ることを控えていた。

これに伴《ともな》って、眞壁清十郎もお才の稽古場に通うことが一時途絶えた。

佐原信濃守暗殺の一件によって、お才は少なからず信濃守が、今までその名さえも亡母・お園《その》から知らされることのなかった自分の父ではないかと、疑いを持ったことであろう。

そのお才に何事もなかったかのような顔をして、また稽古に通うことなど誠実な清十郎に出来ることではなかったからだ。

それでも清十郎は、どんなに苦しい言い訳をしようが、やはりお才の稽古場には通わねばならないとその身を奮い立たせた。

それは信濃守が、

「堅物《かたぶつ》のお前が、せっかく習い始めた稽古事だ。これはこれで続ければよい」

と声をかけてくれたその裏側に、側近である清十郎には、お才の日常を把握していてもらいたいという願いがこもっていることを感じ取っていたからである。

その上に、清十郎自身、お才の稽古場に通うことが、いつしか安らぎとなっていたのである。

お才はそんな清十郎を、まったく以前と変わらぬ調子で迎えてくれた。

信濃守と自分との関わりを気にかける様子など微塵《みじん》も見せず、

「お殿様はどうなさっておいでです？」

などと時にはあっけらかんと訊《たず》ねてくる。

気にはなっても、まさか自分のような者が五千石の御旗本のお殿様と関わりがあるはずがない――。

そんな風にしっかりと割り切っているという風情を見せていたのである。

清十郎が稽古に行った後に、そんな様子を信濃守に報《しら》せると、

「ふッ、ふッ、お才は相変わらずか……」

信濃守はいかにも嬉《うれ》しそうな表情を浮かべたものだ。

「そのうち、またいきなり稽古をつけてもらいにいくからと、よろしく伝えておいてくれ……」

近頃ではこんな言葉も口をつくようになった。

佐山十郎という浪人が、実は大目付であることがわかってから二年がたったが、時はお才の心も清十郎の心も平穏にしてくれていたのだ。

厳しい夏の暑さも過ぎ去って、浄瑠璃《じょうるり》を語るにはちょうど好い頃となっていた。

節回しもよくなったと誉められて満更《まんざら》でもない清十郎は、自然と能弁となって、

「時に師匠、師匠の噂《うわさ》を聞きつけた者から、是非常磐津を語りに来てもらいたいと請《こ》

われたと聞いたが……」

と、訊ねた。

ここへ来る道中、二年ほど前からお才の弟子になっている、居酒屋〝ごんた〟の女房・お仙とばったり会って、お才にそんな依頼が来ているようだと聞かされたのだという。

「お仙さんはお喋《しゃべ》りですねえ」

「話によると、内藤新宿から訪ねてきたとか」

「はい、そうなんですよ」

「品川ならばわかるが、内藤新宿にまで噂が広まるとは、師匠も大したものでござるな……」

「まあ、ありがたいことなんですが、これがどうも俄《にわか》な話でございましてねえ……」

昨日のことであった。

内藤新宿の〝一文字屋《いちもんじや》〟という旅籠《はたご》屋の主《あるじ》が、番頭を伴いやってきた。

伊佐太郎《いさたろう》という、まだ二十半ばの若い主で、父親の伊兵衛《いへえ》が体調を崩して床《とこ》に臥《ふ》せるようになり、先頃跡を継いだという。

伊佐太郎が言うには、伊兵衛は病に倒れてからはとにかく弱気になってしまって、二言目にはもう死ぬによってあとのことを頼むと言う始末。

少しでも生きる力を取り戻してもらおうと、このところ伊佐太郎は、音曲《おんぎょく》好きの伊兵衛のために、腕の好い浄瑠璃の演者を方々探し求めているのだという。

それで、この辺りでは常磐津の名手であるというお才の噂を聞き及び、何とかして伊兵衛の前で演じてもらえないか——。

伊佐太郎はそう願ったのである。

「あたしの芸をご覧になりたいと、わざわざお越しになったのでございますか……」

お才は父親に元気になってもらおうと、自分を訪ねてきた伊佐太郎の気持ちに心を打たれ、芸に生きる者の冥利《みょうり》に尽きるとばかりに、

「喜んで伺わせて頂きましょう……」

と、引き受けた。

「ありがたい……。親父《おやじ》殿もきっと喜んでくれることでしょう。これは些少《さしょう》ではございますが、収めてやって下さいまし……」

伊佐太郎はお才の返事に大喜びで、二両の謝礼を前払いで置いていったという。

ちょうどこの時、三日にあげずお才の稽古場に、あれこれ煮物などの料理を届けに来る〝ごんた〟のお仙が訪ねてきて、

「お師匠さんも、峡先生に負けないくらい、名をあげられましたねえ……」

と、我が事のように喜んで、会う人ごとに触れて回ったから、清十郎の耳にも入ったのであるが、改めてお才から話を聞き及ぶに、

「左様でござったか、真《まこと》に大したものだ。その師匠の弟子であるとは鼻が高《たこ》うござる」

清十郎はまず手放しで喜んで、

「しかし師匠、初めて会った相手のことだ。少し見極めてから返事をした方がよかったのではなかったのかな」

お才の身を気遣うことも忘れなかった。

以前、お才の許に弟子入りしてきた平次郎《へいじろう》という優男《やさおとこ》が、実は信濃守暗殺を企《くわだ》てるくわせ者であったという一件があるだけに、どうしても心配してしまうのである。

「ふッ、ふッ、嫌ですよう。伊佐太郎というお人は怪しい人ではありませんよ」

人に聞いたところ〝一文字屋〟という旅籠屋は確かにあるし、伊佐太郎は自分が若いゆえの配慮であろうか、老練の番頭を同道させていて、とても細やかな気遣いが出来る男のように見えた。

「まあ、せっかくのことですから、さっと伺って、さっと引き上げてきますよ」

おオはというと、清十郎の気遣いをすぐに解して、その情をありがたく受け止めつつも、

「何といっても、もう二両の金子《きんす》を受けとってしまっていますからねえ」

今度〝ごんた〟で一杯おごりますよと頰笑《ほほえ》んでみせた。

「ほう、それは楽しみだ。竜殿も誘いますかな」

「竜さんはいいんですよう。あの人はあたしの弟子じゃあないんですから。内藤新宿へ行くのは明後日《あさって》のことになりましたから、また、その日の様子を聞いてやって下さいまし」

おオにそう言われると言葉もなく、清十郎はにこやかに頷《うなず》き返した。

しかし、何やら胸に引っかかりを覚えたか、清十郎の表情はいつになく晴れなかった。

二

二日後の朝――。
おオは約束通り内藤新宿の〝一文字屋〟を訪ねたが、一人で三味線《しやみせん》を抱えて出かけるはずが、供を一人連れていくことになった。

「まあ、ついて来てくれるのはありがたいですが、他に何か用はなかったんですか……」

少し呆《あき》れて声をかけたその供は、網結《あみすき》の半次の下っ引き・国分の猿三であった。

お才の内藤新宿行きは、権太の女房・お仙からすぐに峡竜蔵にも伝わった。

お才の評判が方々に知れ渡るのは嬉しいことではあるが、いきなり訪ねて来て、常磐津を語りに出向いてくれというのも何とはなしに気になることである。

かつて竜蔵を果し合いの場に来させるために攫《さら》われたり、佐原信濃守をおびき出すために連れ出されたこともあったお才であるだけに、今回の招きを聞いて竜蔵は気になったのか、お才の許にすぐにやって来て、

「お才、話は聞いたが名人が供も連れずに三味線を抱えて出向くなんざ外聞が悪いぜ……」

そう言って、無理矢理に猿三を供につけたのである。

常磐津の師匠に武士がついて行くのは物々しい。そうなると猿三がちょうどこの役目には適任であった。

もし何かややこしいことになった時でも、猿三ならうまく切り抜けることが出来るであろう。

このところ何かというと便利に担ぎ出される猿三であるが、本人はというと、あれこれ峡竜蔵の用をこなすことに生き甲斐《がい》を覚えていたから、嬉々《きき》としてお才の三味線を持って内藤新宿へと供をしたのである。

「どんな用があろうが、師匠のお供の方が大事でございますよ。何たって御用の筋を放《ほう》っておいて師匠の芸が拝めるなんて、ありがてえにもほどがありまさあ……」

にこやかに応《こた》える猿三を、お才は少し呆れたように見ながら、何かというと自分のことで大騒ぎをしてくれる男達の存在が、ありがたくもあり、そういう気遣いに狎《な》れてしまう自分が恐ろしくもあった。

とはいえ、お才自身方々で常磐津の名手であるという声があがって、二両で呼ばれるなど本当に嬉しいことであり、足取りも軽かった。

伊佐太郎は迎えの駕籠《かご》を寄こすと言ってくれたが、お才は久しぶりの遠出で、ゆったりと歩いてみたくて丁重に断った。

赤羽橋を北へ渡り、汐見《しおみ》坂を越えて溜池《ためいけ》端の桐畑《きりばたけ》と言われる道を進み、四谷大木戸を通って内藤新宿へと出た。

「わざわざ付き合ってくれなくてもよかったんですよう」

などと言いながらも、猿三がいることで日頃通らぬ道を行く心細さはなくなっていた。

「お蔭で物見遊山《ゆさん》に来た想《おも》いですよ……」

　お才は大木戸を潜《くぐ》った所で一旦立ち止まって、無理矢理猿三に心付けを握らせた。

　それから少し歩くと〝一文字屋〟はすぐにわかった。

　なかなかに大きな構えの旅籠で、表には今か今かと伊佐太郎が番頭と共に待ち構えていてくれた。

「いや、ようこそお越し下さいました。ささ、お連れの方もまずは中へ……」

　伊佐太郎は、供連れでやって来たことにかえって恐縮したという風を見せ、如才なく猿三をも丁重に扱った。

　――こいつは何よりだ。

　行った先が怪しげであったら、身を挺《てい》して師匠を守るつもりの猿三であったが、伊佐太郎の人となりと旅籠の大きさを確かめると、たちまち気分が楽になった。

　この先は、隠居の伊兵衛と共に、お才の芸を楽しめば好いのだ。

　二人は、旅籠の奥へと通された。中庭を挟んだ向こうの棟が伊佐太郎達の住まいとなっていて、さらにその奥にある裏庭に面した座敷が、伊兵衛の居室となっていた。

「わざわざ来てくれて、申し訳なかったですねえ……」

廊下に手をついて挨拶《あいさつ》をするお才を見て、伊兵衛は穏やかな声をかけた。

「なかなか体の具合がままなりませいでな。行儀の悪いのは許して下され……」

「いえ、お楽になさって下さいませ……」

お才は艶《つや》やかな声で返すと、ゆっくり顔を上げて伊兵衛を見た。

病身のこととて頬の肉はこけ、脇息《きょうそく》に寄りかかるその体は痩《や》せ細っていた。

それでも声の張りはないものの、喋り口調には立派な旅籠の主としての貫禄が漂い、結城《ゆうき》の着物をしっかりと着て、何とか病人の風を見せまいとする気構えが見受けられる。

若き日は伊佐太郎以上に律々《りり》しく、小粋《こいき》な町の男であったと偲《しの》ばれた。

「あ……」

その伊兵衛の口から低い溜息が洩《も》れた。

お才の顔をひと目見たゆえの感慨であった。

それに少し首を傾《かし》げてみせるお才に、

「これは驚きましたぞ。このような艶《あで》やかなお師匠に来てもらえるとは、思ってもみませんでしたのでな……」

頰笑みを浮かべながら、伊兵衛は取り繕《つくろ》うように言った。

「艶やかとは、お口がお上手でございますこと……」

お才は病人を元気づけるようにカラカラと笑った。

「親父殿、何やら今日はすっかりとお元気にござりますな」

これに伊佐太郎が少し冷やかすように続けて、相伴《しょうばん》している番頭他店の主だった者達を笑わせた。

「それではお粗末ではございますが……」

伊佐太郎に目で促されて、お才は庭を背にして座り、猿三は廊下の縁に控えた。

「勤めさせていただきます……」

お才は三味線を弾き始めた。

三味線の腕は亡母・お園譲り、浄瑠璃を語ればえも言われぬ渋みと色気が交り合った喉《のど》で、弾き語りには定評のあるお才が演ずるのは、隠居伊兵衛の長寿に願いをこめた〝老松《おいまつ》〟であった。

〽そもそも松のめでたきこと万木にすぐれ……。

お才独特の語り口に、伊兵衛の病に疲れた体はたちまち精気を取り戻したかのように引き締まり脇息から離れて聞き入った。

御用の筋であれこれ色々な所に出入りする猿三は、それなりに常磐津の師匠と呼ばれる者の浄瑠璃を耳にしていたが、今日改めて聞くお才の芸に感じ入った。

〝一文字屋〟の聴衆は一様にじっと耳を傾け聞き入ったが、伊佐太郎はやはり父のことが気になるのか、時折ちらりと伊兵衛の顔を窺っている。

その様子を猿三はしっかりと見ていた。

こんな時にも人の顔色や目の動きが気になって仕方がないのが目明かしの悪い癖だ――。

親分の網結の半次の口癖を思い出して小さな笑みを浮かべつつ、猿三はいつしか自分にも身についた悪い癖で、伊佐太郎の目の先にある伊兵衛の表情を知らず知らずのうちに確かめていた。

何よりも、自分が供を務めている師匠の芸に感嘆する様子が誇らしくもあったのだ。

すると、伊兵衛の目から涙の滴《しずく》が止めようもなく溢《あふ》れ出てくるのが猿三の目に留まった。

伊佐太郎はそれを認めると、少しばかり落ち着きがなくなり顔に切ない表情を浮かべた。

やがて――。

「お園……」

ぽつりと伊兵衛の口から女の名が洩れた。

その声はお才の語る浄瑠璃にかき消されたかに思えたが、猿三は聞き逃さなかった。

そして、伊兵衛の発した言葉に反応して、一瞬お才の語りが途切れたことも見逃さなかった――。

お才もまた聞き逃さなかったのであろう。何といっても〝お園〟というのはお才の亡き母の名であるのだ。

三味線の名手であった母・お園の名が、自分の姿を見て発せられたのである。

お才にとっては捨てておけぬことであろう。

お才はお園から自分の父親のことは何ひとつ聞かされないままに今まできた。

そして今は、もしや自分の父親は、時の大目付・佐原信濃守であるかもしれぬと内心思っていたが、わざわざ自分を呼んで常磐津を語らせたこの伊兵衛という人が、お園の名を思わず口にしてしまったということは、

――実はこの人が。

と思わせるに十分なものがあった。

それでもお才はそのような胸の内は表に出さず、己《おの》が芸の世界へと入っていった。

父無《ててな》し子で母をも早くに亡くした自分を、孤独な生活から解き放ってくれたものこそ

常磐津であったのだ。あだや疎《おろそか》に出来るものではない。

おお才はやがて見事に語り終えた。その時には伊兵衛の目尻の深い皺に、涙がいっぱいたまっていた。

「師匠、色々とお話もあるでしょうから、あっしは表の方で待たせてもらいやす……」

熱演を終えたお才にそう言い置くと、猿三はその場から退《さ》がった。

供としての出しゃばらぬ配慮を見せつつ、心の内ではこの家の隠居の伊兵衛が、何やらお才に特別な想いを持っているのではないかと思って、気を利かせたのである。

果してお才は、そのまま伊兵衛、伊佐太郎父子からの労《ねぎら》いを受け、茶菓など振舞われたのであるが、その場には三人きりで、未《いま》だ興奮冷めやらぬ伊兵衛から、

「お園……」

と思わず名を呼んだ事情を、聞かされることになった。

「今日は黙ってお才さんの芸を楽しませてもらおうと思っていましたが、知らず知らずのうちに昔を思い出して、師匠のおっ母さんの名が、口から出てしまっておりました……」

伊兵衛は三人だけになるとそう切り出した。彼もまた、自分が〝お園〟と口走ったことをお才が聞き逃さず、それが思わず彼女に動揺をきたしたことに気付いていた。

「このままお別れしようかと思ったが……、それでは師匠も何やら気持ちの悪さが残りましょう……」

「はい。わたしも後でそっとお伺いしたいと思っておりました。おっ母さんのことを御存知なのですね……」

おお才はここぞとばかりに訊ねた。

先ほど顔を合せた時に、あっと驚いたような表情を見せたこと、語るうちに感極まった表情となり、

「お園……」

と、その名を口にしたこと――。

わざわざ内藤新宿まで呼び出されたことと相俟《あいま》って、お才も聞きたくてうずうずしていたところであったのだ。

「お話しいたしましょう。いや、聞いて下され、老い先短かい年寄りのことを憐《あわ》れと思って……」

伊兵衛はお才にしっかりと向き直って、姿勢を正した。

老父の様子を気遣って、切ない表情を浮かべながら控えていた伊佐太郎は、その様子を見ると、

「何かあれば近くにおりますのでお呼び下さい……」

ちょっと頭を下げて隠居部屋を辞した。

「わたしはその昔、お園さん……あんたのおっ母さんに惚《ほ》れていたのですよ……」

伊兵衛は息子が去ると、恥ずかしそうな笑みを浮かべて言った。病にやつれた顔が、若き日の思い出話にいく分若返ったかのように見えた。

「お園はこの内藤新宿では右に出る者のない三味線芸者でした……」

「おっ母さんが、この内藤新宿で……」

それはお才にとっては聞き初めのことであった。

お園は生前、自分は深川で〝小《こ》みち〟という名で三味線芸者をしていたとお才には伝えていた。それが色々あって下谷に越してきて、常磐津の師匠を生業《なりわい》にお才を生んで暮らしたと――。

色々あってというのが、父無し子を宿したことであるのは明らかであったが、お園は以前馴染《なじ》んだ者を一切寄せつけず、ひっそりとした暮らしを送り、ついぞお才に父親は誰なのかも告げぬままに死んでしまった。

「ここにいたことをお園は師匠に伝えぬままに……」

伊兵衛は余計なことを喋ってしまったかと申し訳なさそうな顔をしたが、

「いえ……」

お才は精一杯の笑顔で応えた。

「おっ母さんの昔のことは、一通り聞かされております……」

お才は嘘《うそ》をついた。

伊兵衛はお才が亡母の過去を知っているものだと思い込んでいるようである。

その上で、お才がおそらく聞かされたことがないであろう昔話などをしたいのだ。

そう見てとったゆえに、伊兵衛からお園の昔を聞き出せば、自分の父親のことも知れるのではないかと思ったのである。

「おっ母さんのこと、あれこれお聞かせ下さいまし……」

お才は重ねて言った。

「これは余計なことを調子にのって喋ってしまったのではないかと、思わず胆《きも》を冷やしました……」

伊兵衛は病に倒れて以来、物事を深く考えずに、いい加減なことを子供のように口走ってしまうことがあって迷惑ばかりをかけていますと苦笑いを浮かべた。

そしてつくづくとその頃の思い出に浸りながら宙を見た。

「優しくて、芯《しん》が強くて、三味線を弾かせたら右に出る者がなかった。ちょっと下ぶくれの顔で笑う姿が何とも艶やかで……。わたしは人に連れられた宴席でお園を見た時からもう、すっかりと心を奪われてしまいました……」

何度も何度も、伊兵衛は座敷にお園を呼んだという。

〝一文字屋〟の若旦那が女狂いかと、親や旅籠屋の者達からは小言を喰らうこともあったが、お園の人となりに触れると皆一様に納得させられて、伊兵衛の父などは、

「ああいう女が、旅籠屋の女房には好いのかもしれんなあ……」

などと言う始末で、これがまた伊兵衛の想いに火をつけた。

「しかし、お園には心に決めた人がいた……」

伊兵衛はついにお園に、

「わたしの女房になってくれないか……」

と迫ったのだが、お園は想う相手にどこまでも操《みさお》をたてて、首を縦に振らなかった。

「その相手というのが、わたしの父親だったのでございますね……」

お才はここで鎌《かま》をかけてみた。

「はい、もちろんですよ……」

伊兵衛はにこやかに応えた。

「わたしは父親の名を聞かされはしましたが、どんな人であったかはよく知りません。ご隠居様ほどのお人から女房にと言われて承知しないとは……。そんなに好い男だったのでしょうか……」

「はッ、はッ、そりゃあもう、男振りもよく俠気《きょうき》もあって、処《ところ》の若い者は皆、一目《いちもく》置いたものですよ。わたしなんぞは相手になりませんでした。佐川十三郎《さがわじゅうざぶろう》さんにはねえ……」

――佐川十三郎！

お才ははっとして目を見開いた。そしてこの名の男が自分の父親なのだという衝撃にじっと堪えた。

だが伊兵衛は自分の思い出の中に浸っていて、そんなお才の様子には気付かなかった。

「今思い出しても佐川十三郎というお方はどんな人であったのか、わたしにはわかりません……。ある日を境にふっつりと姿が見えなくなってしまって……。ある者はのっぴきならない事をしでかして江戸を離れたのではないかと。またある者は、ゆえあって浪人していたのが、めでたく帰参が叶《かな》ったのだと噂をしあいましたが何が本当やら……」

伊兵衛はもうとめどなく蘇《よみがえ》ってくるあの日の記憶に踊らされるがごとくであった。

「わたしの父が、何故《なぜ》いなくなったのかは、わたしも聞かされておりません」

お才は次に何が出てくるか興をそそられつつ、さらに言葉を投げかけた。

「それは娘の貴女《あなた》のことを想って語らなかったのでしょう」

「おっ母さんは本当の理由を知っていたのでしょうか」

「恐らくは……。だが、そうだといっておっ母さんを恨んだりしてはいけません」

「はい……」

「お園さんは、その時その時、いちばん好いと思ったことをやり通す人でした。佐川十三郎というお人と別れたことも、その理由を師匠に話さなかったことも立派な理由があったのでしょう。この町からいきなり消えてしまったことにも……」

「おっ母さんは何も告げずに……」

「はい。わたしから逃げたかったのでしょう」

「そんな……」

「佐川さんがいなくなってから、わたしはまた、お園さんに女房になってもらいたいと言った。だが……、もうわたしのお腹《なか》の中には子が宿っている……。だからわたしのことなど忘れてくれ……、お園さんはそう応えた。わたしはそれでも好いと言った。お腹の子はわたしの子として育てると……。だが、そんな話をした次の日、お園さんは姿を消した……」

伊兵衛はそれでお園のことは諦《あきら》めたと言う。

惚れた男と一緒になれずとも、その子と共に生きていければそれでよい――。お園は佐川十三郎にそこまで惚れていたということなのであるから。

「わたしはもう諦めるしかなかったのですよ。ですがねえ、あと幾日生きられるかわからなくなった今、師匠、お前さんに会ってみたくなりましてねえ……。もう伊佐太郎の母親も亡くなった今、お園さんのことを懐かしんでもいいだろう……。そう思って倅《せがれ》に無理を言ったのです。師匠……。この世の名残《なごり》に好いものを見せてもらいましたよ。惚れた女の面影と芸が昨日のように思い出されて……」

語るうちに伊兵衛の目からはぽろぽろと大粒の涙がとどめようもなく溢れ出した。

そして語り終えた満足と心地よい疲労が伊兵衛を襲い、隠居はぐったりとしてまた脇息にもたれかかった――。

三

その日の夜。

内藤新宿での演奏を終えたお才は、三田同朋町の住まいでぽつねんと座り物思いにふけっていた。

あの後、寝込んでしまった伊兵衛を、別室の寝間へと移した伊佐太郎は、いきなりの非礼を詫《わ》びた。

父親の昔話を聞いて、お園の面影が残るであろうお才を、あれこれ人を遣って捜したが、伊兵衛とお園の因縁《いんねん》を話せば断られるのではないかと思って話さなかったのだと丁重に言ったものだ。

「いえ、わたしも母親の昔を知って、楽しゅうございましたよ……」

これに対して明るく応えて〝一文字屋〟を辞したお才であったが、心の内は穏やかなはずがなかった。

帰りは呼んでくれた駕籠に乗ったので、国分の猿三と話すことはなかった。

それゆえ猿三に胸の内の動揺を悟られることもなかったが、駕籠に揺られながらの帰り道からずっと、お才は伊兵衛から聞いた話を思い出しては嚙《か》みしめるように考察していた。

まず、お園は深川ではなく内藤新宿に住んでいたこと。

父の名も教えてくれぬ母、好奇の目で母娘を見る世間に反発したお才は、薄情な父親のことなど知りたくもないと、ぐれて盛り場をうろついたこともあった。

深川で住んでいたとて、そんな父親と惚れたはれたをしていた処ではないか、何も知りたくはない――そう思って母親の昔に背を向けてきた。

しかし、その後落ち着いて自分も常磐津の師匠となり三田へ移り住んでから、何度か亡母の軌跡を確かめたくなって深川へと出向いたものの、お園が昔名乗っていたという〝小みち〟という名の三味線芸者を知る者は見つからなかった。

その理由が今日わかった。

お園は娘にも悟られぬように嘘をついていたのだ。

それでも三十になったお才は、亡母に嘘をつかれていたことに怒りはわかなかった。

伊兵衛は、お園を評して、

「その時その時、いちばん好いと思ったことをやり通す人でした……」

と言った。

そこまで隠し通すことには、お園なりの強い想いがあったのであろうし、それがお才にとっても幸せだと判断したのに違いない。

物事には知らぬ方が幸せであることはいっぱいある。

今のお才にはそれがよくわかる。

〝佐川十三郎〟という侍がお才の父であることを、お園は何としても隠しておきたかったのであろう。

本当ならば、一文字屋の伊兵衛にも明かしたくはなかったのであろうが、伊兵衛の一途《いちず》な気持ちに応えるためには、佐川の子を宿したとしか言いようがなかったのであろう。

お園がその時、深く口止めしなかったのは、伊兵衛という男を信用していたことに他ならないし、いつの日かそう遠くない時期に、大人になったお才にきっちりと打ち明けるつもりでいたのに違いなかった。

それが、母娘の会話も途絶えていた頃に、お園が急死してしまってわからなくなったのである。

――ふッ、そりゃあ言えないのも当り前だよ。

ここに至ってお才は確信していた。

佐川十三郎――大目付・佐原信濃守が、微行で常磐津を習いに来た時の名が佐山十郎。

峡竜蔵から、信濃守は若き頃は十次郎《じゅうじろう》という名でなかなかの遊び人であったと聞いていた。

やはりそうに違いない。大目付にもなろうと言うほどのお方の子であるとしたら、自分がお園の立場であっても隠し通すであろう。

そう考えると何もかもが納得できるし、母・お園を恨みぐれた昔が切なかった。

――でも、本当に……、本当に、そうなのであろうか。

確信しつつも、はっきりとした証《あかし》のない推測だけにお才の頭の中はもやもやとして晴れなかった。

あの日、平次郎という騙《かた》り者に謀《はか》られ堀切《ほりきり》の菖蒲園《しょうぶえん》に連れ出され、平次郎を脅かそうと微行で現れた佐原信濃守が、実はお才を餌《えさ》におびき出され襲撃を受けた時のこと。

平次郎はその断末魔に、

「……師匠、お前は知らぬだろうがな。その佐原信濃守はお前の……」

とだけ洩らして眞壁清十郎に討たれて息絶えた。

それ以来、お才の胸の内に、

――もしや、佐原様が自分の父親ではないか。

という思いが胸をよぎった。

しかし、不確かなことに心を迷わせたとて仕方がない。元より五千石の旗本の娘であったとしたら、それこそ煩《わずら》わしいことになる。

今の暮らしに何の不自由もないのである。

そんなことはきれいに忘れてしまおうと誓い、この一年余りの間はもう夢を見たのだと割り切って遠い記憶のかけらとなっていたものを――。

家に帰ってからは何も手につかず、じっと考え込んでいるうちに、表の戸を叩く音がした。

「お才、いるかい……」

呼ぶ声は峡竜蔵のものであった。

――ふッ、わかっていたんだね。

お才は小さく笑った。

何事もなかったかのような風を装《よそお》っていた国分の猿三であったが、伊兵衛が思わず口走った〝お園〟という言葉をしっかりと聞いていたのであろう。

さすがはお上の御用を務める者である。お才が一瞬浮かべた動揺も見逃さず、竜蔵に報告したのに違いなかった。

――もうちょっと気が落ち着いてから来てくれたら好いのに、まったくせっかちな男だよ。

かこちながらも早速来てくれた竜蔵の想いにほだされながら、お才は戸を開けた。

「おう、どうだった。内藤新宿は……！」

どんな時にでも威勢よく現れる峡竜蔵の笑顔がそこにあった。

「どうだった……？　ふッ、死んだおっ母さんに惚れていたっていうご隠居を泣かせちまいましたよう……」

気がつけばお才はそう応えていた。


お才が思った通り、竜蔵は国分の猿三から事情を聞いて早速やって来たのであった。

佐原信濃守とお才の間柄については竜蔵も前々から気になっていた。

未だお才が信濃守の娘であることを知らぬ竜蔵であるが、薄々そうではないかと勘付いていた。だが、世の中には知らぬ方が好いこともあると、お才と共に忘れるように努めたのである。

それでも猿三から話を聞くに、お才の激しい動揺ぶりが窺われて、いてもたってもいられなくなったのだ。

ここに至ってはお才も兄貴分の竜蔵には余さず今日の出来事を語った。

「なるほど、話を聞く限りではお才、佐原のお殿様は、やはりお前の父親かもしれねえな」

やがて竜蔵はほのかな笑みを湛《たた》えつつお才に頷いてみせた。

「だとしたらお殿様も、佐川十三郎だとか、佐山十郎とか、もう少し気の利いた名を考えたらよかったのに……」

お才は溜息交じりに言った。今こうしている一瞬も、自分が五千石の御旗本の娘であることが信じられない思いで、どこか他人事《ひとごと》のようになってしまうのであった。

「どうする?」

竜蔵が訊ねた。

「どうするって?」

「こうなったらはっきりさせてみるか。お前が本当に佐原信濃守というお殿様の子供かどうかを……」

「そうしたい気持ちもあるけど、わかったからといって何になるのか、恐《こわ》い気もするよ」

「そりゃあそうだ。だから今までは何も触れずにきたが、こうなった上は、お前も気になって仕方がねえだろう」

「ふッ、ふッ、竜さんが一番気になっているんじゃあないのかい」

「おれは気になっているよ。気になって仕方がねえや。相手はおれが出稽古を頼まれているお殿様なんだぜ。下手すりゃあ、おれがいつも偉そうな口を利いているお前がお姫《ひい》様だ。こいつは今から付き合い方を考えねえといけねえや……」

「竜蔵、頭《ず》が高い……」

「へへぇ〜ッ。嫌だね、こういうのは。はッ、はッ、はッ」

「ふッ、ふッ、あたしは誰の子であったって、峡竜蔵の妹分の才って女ですよ。でもねえ。自分に父親がいて、どこで何をしているか……。それを知っているだけでも生きてきた甲斐があるんじゃあないかと、思ってみたりもするんだよ……」

「わかった。お前一人じゃあなかなか決めにくかろう。だからおれが決めてやるよ。それでいいかい」

どっちに転んでも悪いことではない。それなら誰かにこうしろと言われた方が気が楽なのではなかろうか——。

竜蔵は猿三に話を聞いてここへ来るまでの間に、相談役の竹中庄太夫に今までの経緯《いき》緯《さつ》を残らず打ち明け、その知恵を借りていた。

おオはその言葉にゆっくりと頷いた。

「よし、佐川十三郎が誰だか突き止めてやるよ。といっても、網結の親分頼りだがな……」

竜蔵は頭を掻《か》きながら、

「だがなあお才、わかったからといって、騒ぎ立てるんじゃあねえぞ。言いたいことがあるならおれがみな聞いてやるからよう」

と、いつも通りの優しい言葉を置き土産《みやげ》に、その夜はさっさと帰っていったのである。

四

数日後の昼下り――。

網結の半次は、峡竜蔵の意を受けて内藤新宿にいた。

峡竜蔵の妹分であり、峡道場創立の功労者であるお才の秘事にかかわることである。

しかも、それは同時に竜蔵の後援者である大目付・佐原信濃守にも繋《つな》がることであるから、竜蔵はこの一件については半次一人に動いてもらうことにした。

半次にしてみれば、佐川十三郎という男について探ればよいだけであるから、さして難しい調べ事ではない。

佐川十三郎が、佐原信濃守の若き頃の変名ではなかったか――。

このことを念頭に調べを続ければ、見えてくるものとてあるだろう。

ただ、当時の事情を詳しく知る者がどれだけいるか。それが気にかかっていた。

一文字屋の隠居・伊兵衛の話では、佐川十三郎という男は、処の者達が皆一目置くような存在であったそうな。

つまり、男伊達《だて》の人であったということになる。となると、佐川十三郎をよく知る者は真っ当な生き方をしていたかというと、そうでもなかろう。

三十年以上も前に関わっていた者はほとんど死んでいるか、他所《よそ》の土地に流れているに違いない。

半次の予想通り、佐川十三郎という遊び人の武士を覚えている者は、宿場の内には多かったが、その人となりを詳しく語れる者となると、死んだり流れたりでもう皆無に等しかった。

その中で、宿場をふらふらとうろつきながら暮らしている梅吉《うめきち》という老爺《ろうや》の存在を知る。

若い頃は腕っ節も強く、方々に顔が広かったゆえに、一端《いっぱし》の俠客を気取って暮らしていた。

しかし、年老いた今、乾分《こぶん》もなし、腕っ節は衰えかつての知り合いも年々いなくなるはで、昔の勢いはもうどこにもない寂しい晩年を過ごしている。

それでも梅吉は若い頃から気の好い男であったから、極道者で身内の一人いない彼を町の者達は昔の誼《よしみ》で哀れんで、あれこれ小回りの用などを頼んでは心付けを渡したりしてやるので、男一人の気楽さもあってこれで結構暮らしていけているそうな。

人というものはあれこれ欲をかかず、気性が好ければ、何とかやっていけるものだと、半次は長年色んな所で人を見てきてつくづくと思うのである。

さぞかし憎めない爺《じい》さんで、若い頃は腕と愛敬《あいきょう》を佐川十三郎に好かれていたものに違いない。

そう思ってすぐに訪ねたのだが、何たることか、ほんの二、三日前、梅吉もまたどこか他所の土地に流れていなくなっていたのである。

半次は仕方なく、今度は梅吉と親しかったという伝助《でんすけ》なる老爺がいることを知り、ひとまず会ってみた。

それが今日のことであったのだ。

この老爺もまた、梅吉と同じように町のおこぼれに与《あずか》って暮らしていた。

「親分、あっしに御用とのことでございますが、あっしは何もやましいことはしちゃありませんので。といって若え頃《わけ》は随分と悪さをしておりました。へい、こんな老いぼれでよろしゅうございましたら、召し連れ訴えでも何でもやっておくんなさい」

伝助が居候《いそうろう》している居酒屋に彼を訪ねた時は、大真面目《まじめ》でこう言ったものだ。

こんな会話をするのも年老いた侠客には楽しいのかもしれない。

「はッ、はッ、父つぁん、とんだ見当違えだ。こいつは御用の筋でもねえのさ。お前に疑われねえように、おれの身を明かしただけだ。まあ、楽にしておくれ……」

半次はにこやかに伝助を見ると、居酒屋の小上《こあ》がりに向かい合って座って、酒を注文してやった。

そうして、人を探していてそれが梅吉の知り人だというので訊《き》いてみようかと思ったのだが、

「肝心の梅吉って父つぁんが俄に消えてしまったってえから、それで昔馴染だっていう父つぁんを尋ねて来たのさ」

居酒屋に間借りしながらなかなか酒にありつけない伝助は、うまそうに茶碗酒を腹に流し込むと、

「そうでやしたか。梅の野郎いきなりいなくなりやがって、まったくふざけておりま

すよ……」

眉間《みけん》に深い皺《しわ》を寄せた。

「あんな野郎だとは思わなかった……。梅吉はきっと、あっしに銭を集《たか》られると思って何も言わずここから出て行きやがったのに違《ちげ》えねえんだ……」

「梅吉の父つぁんは、何か景気の好いことにありついたのかい」

「いえ、はっきりは知れやせんが、恐らくそうじゃあねえかと……」

伝助は梅吉がいなくなった前日に、彼が一人の侍と楽しそうに連れ立って歩いているのを見かけたという。

「そのお侍は前にも梅吉を訪ねていたことがあったような……。そん時も野郎は何やらにやけた面をしていやがったから、きっと儲《もう》け話にありついたんでしょう」

「その侍のことは訊かなかったのかい」

半次は老爺二人が、互いに儲け話にありついていないか探り合いながら暮らしている姿が何とも滑稽《こっけい》で頬笑ましく、口許が緩んだ。

「もちろん訊きやした。だがいけやせん。あの野郎ときたら、以前宿場の案内をしたことがあるお侍で名も知らねえ、なんて吐《ぬ》かしやがるばかりで話をそらしやがるんでさあ」

「なるほど、そいつは怪しいな」

「へい。あっしの見たところじゃあ、梅吉はそのお侍にまとまった銭をもらって、この宿場を捨てやがったのに違いございません」

「そうかい。そいつは困ったな」

「親分は、梅吉に誰のことをお訊ねになりたかったんです」

「うん……。佐川十三郎ってお人のことなんだが……」

「佐川十三郎……。へい、そういうお人がいましたねえ。覚えておりやすよ。男振りが好くて、腕っ節も強かった……」

「父つぁんは、そのお人が今どうしているかは知らねえんだな」

「へい、生憎《あいにく》……。梅吉は知っているんですかい」

「それはわからねえが、佐川って旦那は梅吉を随分贔屓《ひいき》にしていたってえから、あるいは知っているかと……」

「奴は人に取り入るのがうめえから……」

伝助はまた顔をしかめた。同じ様な暮らしを送る梅吉がいなくなったことが、年老いた身には不安が募るのであろう。

半次は少し思い入れの後、

「父つぁん、その、梅吉を訪ねて来たっていうお侍だが、顔を覚えているかい」

「へい、そりゃあもう……」

「そうかい、そんならちょいと頼まれてくれねえかい」

半次は伝助に一分《いちぶ》金を握らせて頷いた。


その二日後のことである。

三田二丁目の峡道場に眞壁清十郎がやって来た。

竜蔵から稽古相手になってもらいたいと頼まれてのことであった。

直心影流の的伝・赤石郡司兵衛が催す大仕合に出場することになった峡竜蔵は一人でも多く稽古相手が欲しかった。

そのことを知るだけに、清十郎は親友の想いに応えんとして勇躍やってきたのである。

だが、実は竜蔵が清十郎を呼んだのには、もうひとつ理由があった。

それを知らせもせずに、謀るようにして呼んだのは、親友への裏切りであったが、竜蔵にはどうしてもはっきりさせておきたいことがあったのだ。

「清さん、恩に着るぜ……」

稽古場に現れた清十郎を見て、竜蔵は片手で拝んだが、そのような想いがあるだけに所作がいささかぎこちなかった。

この様子を稽古場の出入口からそっと覗《のぞ》き見ている老爺が一人——内藤新宿の伝助であった。

彼の傍には網結の半次がいる。

稽古場の表で偶然会った老爺と楽しげに話しているように装っているが、半次の目の色は目明かしのものになっていた。

「へい、間違いござんせん……。梅吉と一緒にいたのはあのお侍様でございます」

伝助が神妙な顔をして呟《つぶや》くように言った。

「そうかい。ありがとうよ……」

半次が労るように応えた。

「あのお方は、親分のお知り合いなんですかい……」

「まあ、そういうことだ。怪しいお人じゃあねえ、立派なお武家様なんだが、ちょいと確かめておきたいことがあったのさ」

何が何やらわからないといった表情でぽかんとする伝助に、半次はまた小粒を握らせて、

「内々のことだ。こいつはおれと父つぁんだけのことにしておくれな」

「へい、そりゃあもう……」

「父つぁんも、これから先は穏やかに暮らしてくんな。おれがいつでも話に乗るからよう」

「へい……、かっちけねえ……」

半次の温かい言葉に老い先への光明を見出《みいだ》した伝助は、ほろりとして声を詰まらせたが、

「えい！　やあッ！」

という峡竜蔵の大音声《だいおんじょう》に呑みこまれて、再びきょとんとした表情となり、その目は稽古場へと釘《くぎ》づけになった。

「とうッ！」

眞壁清十郎の凜《りん》とした掛け声がこれに続き、たちまち力強い立合が繰り広げられ見る者達を圧倒したのである。

五

そんなことがあってから十日が過ぎた。

その日は眞壁清十郎の常磐津の稽古日であった。

いつものように折り目正しく稽古場に上がり、

「よろしく頼みまする……」

と姿勢を正して浄瑠璃を語り出した清十郎であるが、せっかく上達し始めた節回しにこの日はまったく冴《さ》えがなく、元に戻ってしまった感があった。

「清さん……」

稽古を終えるとお才は珍しくそう呼んだ。

弟子であるから気易く呼んでもらいたい――。

清十郎は日頃お才にはそう言っていたが、お才は滅多とそんな風に呼ぶことはなかった。

それだけに清十郎は、少し驚いたようにお才を見た。

「いや、今日の出来はさんざんでござったな」

調子の悪さを詫びる声もかすれている。

「あれこれあたしに隠し事をするのが辛《つら》くなってきたんじゃありませんか……」

お才はというと、実にゆったりと艶のある声を清十郎に放った。

「辛くなったと言っておくんなさいまし……」

「隠し事……。何のことでござろう……」

「内藤新宿の梅吉って人に口止め料を払って、どこか遠くへやったのは清さんですよね……」

「いや、そのようなことは……」

「あたしは本当のことを言ってもらいたいんですよう。もう五年の付き合いになる清さんには」

哀願するかのようなお才の目に見つめられて、清十郎は黙り込んだ。

しばしその沈黙は続いたが、

「ふッ、ふッ、清さん、剣の達人は相手の構えを見ただけで、あれこれ心の動きを見破るとか言うじゃありませんか。それは芸も一緒でしてね。清さんの節回しを聴けばわかるんですよう……」

お才のこの言葉に清十郎はもはやこれまでと神妙に頷いて、

「なるほど、師匠の言う通りだ……」

やがて口を開いた。

「師匠には峡道場の面々がついている。隠し通せることではないと思ったが、さすがでござったな……」

　苦笑いを浮かべる清十郎に、

「何でもいいですよう、あたしに黙っているのが辛くなったと言っておくんなさいまし。そうでなけりゃあ、清さんはただお殿様からのお申し付けで、あたしにかかわっていただけになっちまいますよ。それはあんまり寂しいじゃあありませんか……」

　お才はしみじみと言った。

　この時、日頃は冷静沈着で滅多と感情を顕《あら》わにすることのない眞壁清十郎が、

「辛い！　辛くて仕方がない……」

　振り絞るように応えた。

　ここに至っては隠し通したとて無駄なだけであると観念したのだが、この五年の間のお才との触れ合いを想うに、御主《おしゅう》の娘をそっと見守るという役目を超えた感情が清十郎の体内から噴き出したのである。

「清さん……。嬉しゅうございます。そのお気持ちがあるなら、どうぞお聞かせ下さいまし。何もかも……」

　お才は伏し目がちに訴えた。

「師匠……」

　未だ父であることを明かすかどうか決めかねている佐原信濃守の意を汲《く》んで、何と

か信濃守の気持ちが固まるまでは隠し通そうと動いてきた清十郎であった。ここで自分の口から信濃守がお才の父親であると明かすのは、臣としての道に外れる。役儀一筋に努めてきた眞壁清十郎にとっては、到底許されることではなかった。

それでも今、お才の祈るような目を見ると、たとえ手討ちにあおうとも打ち明けずにはいられなかった。

「お察しの通りにござりまする……。貴女様は、佐原信濃守様のお姫《ひい》様にござりまするぞ……」

清十郎は静かにそして、威儀を正して言い放った。

「やはり……。そうでしたか……」

お才の頭の中では、どういう経緯をもって信濃守が母・お園と出会い、恋に落ちて別れて、自分が生まれたかはすでに察しがついていた。

小娘の頃のように父母を恨む気持ちはまったく湧《わ》いてこなかった。

ただただ、一生想いを貫ける恋をしたお園が羨《うらや》ましかったし、それほどまでにして慕い続けた男との間に出来た娘の自分を、お園はどれほど愛しんだであろうかと思うと泣けてきた。

そして、信濃守がどれほどお園に深く恋したかは、信濃守がお才に向けた厚情を想えば容易に想像はつく。

そう思うと謎《なぞ》がはっきりしたことで自分の過去へのわだかまりは消え、実に晴れ晴れとした心地になった。

「六年前になりましょうか……」

清十郎は姿勢を崩さず、吶々《とつとつ》と語り始めた。

ある日のこと佐原信濃守は、下城をし屋敷へと戻る道すがら、道の端に寄って畏《かしこ》まる通りすがりの一人の女を見て驚いた。

女の姿形が、若き頃恋に落ちたお園という三味線芸者にそっくりであったからだ。

しかもこの女もまた三味線を持っている。

信濃守は咄嗟《とっさ》に側《そば》にいた眞壁清十郎に、女の後をつけ素姓を調べるよう命じた。

すると女は三田同朋町で常磐津の師匠をしていて、その名はお才であるとわかった。

母もまた下谷辺りで常磐津を教えていたそうで、名はお園——すでに他界したという。

この報せを受けて信濃守は大いに動揺した。

「左様か……、お園は死んだか……」

自分が佐原家の家督を継ぐことになったと決まった途端、ふっつりと姿を消してしまったお園の気持ちがわかるだけに、信濃守はお園をきっぱりと思い切った。

だが、自分と別れた後、娘一人を産んで独り身を通して死んでいったというお園を想うと、二度と会うまいと心に誓って生きてきたものの信濃守の心は揺れに揺れた。

しかも、お園が産んだお才という娘は明らかに自分の娘であると思われる。

以前、お園とは寝物語に、

「子が出来たら、才と名付けよう。才ってえのは生まれながらに持ち合せている知恵のことだ。女ならお才、男なら……。いや、きっとお前は娘を産むだろう」

「どうしてわかるんです？」

「そんな気がするんだよ……。おれの勘はよく当るんだよ」

などと話していたことがあった。

別れ際、お園はやたら吐きけをもよおすなどその体に変調があった。今思えば、それはお才を身籠《みごも》った兆候であったような気がする。

そしてお園は何も告げぬままに信濃守の前から姿を消した。

「お園、おれは何があってもお前を佐原の屋敷へ連れて行くからな……」

そう告げた信濃守に笑顔で頷き返したというのに――。

信濃守は佐原家を継ぎ、妻子を得て、やがて大目付となってもお園のことは忘れなかった。

「もしやお園はおれの子を宿したまま姿を消したのではなかったか……」

その想いを持ちながら。

それでも五千石の旗本の世継ぎになった後は日々多忙で、想いは募れど身動きすることもならず、あれよという間に長い時が過ぎたのである。

「わたくしが、お才様は御息災になされておいででござりまするとお伝えした時の我が君様の嬉しそうな御様子は、今もこの目に焼き付いておりまする……」

清十郎は六年前のことを思い出し、うっとりとして目を閉じた。

「そうしてわたくしは、そっとお見守りするよう仰《おお》せつかったのでござりまする」

「あたしが何か困っているようなら、助けてやってくれと……」

「はい……」

「そうして、竜さんと知り合った……」

「左様にござりまする……」

清十郎が助けるまでもなく、お才はか弱い女ではなかったし、峡竜蔵という腕が立つ豪快な兄貴分がいた。

そのうちに清十郎はおろか、信濃守までが峡竜蔵の魅力にとりつかれるようになり、信濃守自身、お才と竜蔵が紡《つむ》ぐ人の輪の中に入りたくなり、佐山十郎と名を変えてお才に弟子入りしてしまった。

お才は信濃守のことを、

「十《とお》さん……」

と呼び、父親の顔も名も知らぬ身の父への憧憬《しょうけい》を求めた。

多忙を極める日々の暮らしも、それなりの歳となり、信濃守は己が余暇を見つけられるようになった。

お気に入りの家来の眞壁清十郎と、剣術指南に迎えた峡竜蔵と触れ合いつつ、娘のお才と過す昔懐かしい音曲の稽古場での一時——。

和《なご》やかな刻《とき》が淡々と過ぎるうちに、いつか自分は佐原信濃守という旗本家の当主で、実はお才の父親であることを打ち明けられる日も来るであろう。

その時は峡竜蔵にもこれを明かして、

「先生、剣術師範と常磐津の師匠では、釣り合わぬこともあろうが、この信濃守の娘とあれば不足はあるまい……」

などと言って、二人を夫婦にしてしまうのも悪くない——。

そのようなことさえ頭に思い描くようになった。

しかし娘を想う情を逆手《さかて》に取られて、政敵・大原備後守の手の者にお才を餌におびき出されて危うく命を落しかけた一件により、まだ時が熟さぬまま、お才に自分の身分が露見してしまった。

何もしてやれなかった娘に、今こそ幸せをもたらさんとして動き出したのも束の間《つかま》。大目付である自分の娘であるがゆえに、かえって命までも狙われることになった。信濃守にとってそれは大きな衝撃で、お才に父親であるとはとても打ち明けられるものではなくなってしまった。

身が大目付であることがわかった上での仕切り直しにはまた時がかかりそうである。幸い眞壁清十郎は元より大目付の家来であると知った上での付き合いであったし、今やお才の兄貴分・峡竜蔵とは切っても切れぬ親友同士である。

清十郎がこのままお才の稽古場に通うことで、細い糸でも好いから自分とお才の間を繋いでいてくれたら――。

自分にはせっかく通った常磐津の稽古をこのまま終わらせるのはもったいない、続ければよいと口では言っているものの、信濃守が心の内ではそう願っていると察した清十郎は、主君がまた改めて父親であると告げられる日が来るよう心して通い続けた。

そしてこの二年の間は平穏な日が続き、そろそろ佐山十郎となって信濃守が再びお才の稽古場に現れてもよいのではないかと、思われるようになった。

ところがそのような折に、今度はお才に内藤新宿の旅籠の隠居からお呼びがかかった。

清十郎はこれを聞いて嫌な予感がした。

内藤新宿は主君・信濃守から、かつてお園と馴染んだ土地であると聞かされていたからだ。

早速、屋敷へ戻って信濃守に〝一文字屋〟の伊兵衛という隠居について訊ねてみると、

「伊兵衛……。そういえば、旅籠の倅でなかなかの遊び人がいたような……。と言ってもおれとはまるでかかわりはなかったがな……」

それでも伊兵衛がかつて三味線芸者のお園を贔屓にしていたと充分に考えられる。

お園はもちろん情夫である十次郎（信濃守）には、自分を贔屓にしてくれている他所の男の話など一切しなかったが、当時内藤新宿で遊んでいる者で、お園に気が引かれぬ男はいなかったのだ。

伊兵衛がその昔お園に執心していて、何かの拍子にお才という娘が常磐津の師匠になっていることを知り、この世の名残にその浄瑠璃を聴きたいのだとしたら――。

おオの耳に余計な情報が入るかもしれないではないか。

そこで清十郎は急ぎ内藤新宿へ向かったのである。

「梅吉という人の口を塞《ふさ》ぐために……」

「はい……」

お才の問いに清十郎ははっきりと応えた。

最早《もはや》その声に淀《よどみ》はなかった。

以前、大原備後守の下で諜報《ちょうほう》にあたった本条縫之助《ほんじょうぬいのすけ》は、若き日の佐原信濃守が内藤新宿で放蕩《ほうとう》していたことを突き止め、そこからお園と信濃守が恋仲であったことも調べあげた。

事件後、清十郎はその話の出所を探って、それが梅吉であったと知る。

信濃守は十次郎の昔、その名も十三郎と変えて誰にも己が身分を名乗りはしなかったのだが、この梅吉という男――信濃守が佐原家の世継ぎとなり、お園と別れ内藤新宿から姿を消した後、一時渡り中間《ちゅうげん》をしていたことがあった。

佐川十三郎の乾分のように引っ付いて、その腕っ節の威を借りていただけに、彼がいなくなるとどうにも決まりが悪かったのであろう。ほとぼりを冷ますつもりもあって、博打《ばくち》仲間の伝手《つて》を頼って奴《やっこ》になった。

渡り中間などというものは折助《おりすけ》と呼ばれる博奕《ばくち》打ちの破落戸《ならずもの》が多かったので、梅吉にはちょうど好い世渡りであったのだ。

しかし梅吉は、未だに町の者達に好かれる程の気の好さと愛敬を持ち合せていることからもわかるように、これがなかなか重宝がられて、よくお呼びがかかった。

そして回り回って、佐原信濃守が家督を継ぐことなく急逝《きゆうせい》した兄・康重《やすしげ》の法要を営んだ時、どうしても人手が足りなくなり日雇いの者を頼んだのだが、その中に偶然にも梅吉がいたのである。

そして梅吉は、そっと窺い見た一日限りの主君が、あの内藤新宿で暴れ回っていた佐川十三郎その人であることに気付いて大いに驚いた。

人違いかとも思ったが、頑《かたく》なに自分の出自《しゆつじ》を口にしなかったのにはこんな事情があったのかと色んなことが符合したし、間違いはないと思えた。

「だが梅吉は、五千石のお殿様が放蕩していた頃を知っているなどと口にしようものなら殺されるのではないかと思い、忘れてしまうことにしたのでござりまする」

「それでも歳をとって毎日の暮らしに困るようになったら、小遣い銭をくれるならどんな話でもしましょう……。そんな気になったんでしょうねえ」

「いかにも左様にござりまする。いっそのこと口を封じてしまおうかとも存じましたが、お殿様は、梅吉は昔馴染だ。殺してしまおうなどと思わぬようにな……。とわたくしに仰せられました」

清十郎は梅吉に身分を明かして、二度と口外せぬようにと小遣い銭を握らせて迫ったという。

それでも何かの折には口外せぬとも限らぬと思い、お才が内藤新宿へ行く前にまとまった金を渡して、どこかで小商《こあきな》いでもして暮らしてくれ。さもないと手討ちにするぞと因果を含めて、町を出て行かせたのであった。

「それをその伝助なる者に見られていたとは、まったくこの清十郎も、まだまだ未熟でござりました……」

清十郎は苦笑いを浮かべながらも晴れ晴れとした表情になり、お才に深々と座礼をした。

「わたくしは初めて主に断りもなしに秘事を明かしてしまいました。されど、今はまことに心の内が涼しくなりましてござりまする。何と申しまして、この眞壁清十郎は、貴女様に対して隠し事を胸に抱えていることが何より辛《つろ》うござりました。無論、ここへ参ったのも主命によってでござりましたが、今は違う……。主君に貴女様を構うこと相ならぬと申し付けられましょうが、生涯をかけてお見守りするつもりにござりまする……」

日頃は何事に対しても物堅く、絶えず一歩下がった所から見渡して、決して余計なことは口走らぬ眞壁清十郎が初めて顕わにした激情に、お才はぐっと気圧《けお》されて、

「わかりましたよ。もういいですよう。清さんの口から辛かったという言葉が聞けてよかった……。ふッ、ふッ、そんならことのついでにもうひとつ……。清さんはどうしてそんなにあたしを見守ってやろうなどと思ってくれるのです……」

目を伏せながらぽつりと問うた。

「それは……」

「あたしがお仕えするお殿様の娘だからですか……」

「それもござりまするが、何と申しまして、貴女様はわたくしの常磐津の師匠、その上に、この眞壁清十郎が刎頸《ふんけい》の交りを結んでおりまする峡竜蔵の妹分……。どれをとってもわたくしには大事なお人なのでござりまする……」

清十郎は姿勢を崩さず、真っ直ぐな目をお才に向けて言った。

――まったく、気の利いた言葉の言えない男だねえ。

お才は心の内で失笑しつつ、いかにも清十郎らしい応えに満足をした。

――このお人は変わらない。

変わらないことでは峡竜蔵と同じである。

そして三十になったお才には、風が吹けば右へ左へなびけども、その根は地中深く張りついていつも同じ姿を見せる柳の古木のごとく、変わらぬ男こそが何よりも頼りになることがわかり過ぎるほどにわかっている。

そして今、そんな男二人に見守られている幸せが、お才の総身にさんさんと降り注いでいた。

お才はにっこりと笑って、

「清さん、今日は随分と耳に心地の好いことを言って下さいましたねえ……。でも、そんな堅苦しい物の言いようはよしにしておくんなさいな」

いつまでも姿勢を崩さぬ清十郎を見て、今度はちょっとばかり詰《なじ》るように言った。

「あたしが佐原信濃守の娘だと打ち明けた途端に、何やらお姫《ひい》様に物申すみたいになってしまって……」

「いや、それは……」

「堅苦しいのはごめんですよう。あたしを大事に想ってくれるのなら、今まで通りに師匠と呼んで下さいまし」

清十郎はその言葉を嚙みしめるようにして何度も頷いた。

そして頷くうちに彼独特の爽《さわ》やかな笑顔が浮かんできた。

おオはすかさず清十郎の笑顔に向き直って、

「清さん、お前の口からこのような大事を打ち明けてもらったこと、才は死ぬまで恩義に思います。お殿様にはあたしにそう言われたと伝えておくんなさいまし……」

「師匠……」

「その上で、こうも伝えてやって下さい……。顔も名も知らぬ父親を、恨んだ昔もありましたが、いつか立派な殿方《とのがた》が訪ねて来て、おオ、おれがお前のお父つぁんだよ……。なんて声をかけてくれる。そんな日がやって来ないかと心の底では憧《あこが》れておりました。お殿様があたしのお父つぁんだなんてありがた過ぎてそら恐しいくらいのものでございます……。もし、才は今でも親を恨んでいるのではないか……。などとお気にかけて下さっているのならとんでもないことでございます。よくぞこの世に生を受けさせて下さったと手を合わす想いでございます……。ただ、この才はお殿様の子であったとて、常磐津の芸に生きる女であることには変わりございませんし、どうかこのことはひとつ、お仲間の内の秘め事……という風に御了見願えましたら嬉しゅうございます……」

おオはそう言うと、清十郎に深々と頭を下げた。

これにたちまち清十郎の生真面目さが対応して、

「承知仕《つかまつ》りました。委細必ずやお伝えいたすでござりましょう……」

と、彼の頭を下げさせた。

「堅いですよう、清さん！」

その途端、お才の笑い声が稽古場に響き渡った。

「左様……、でござったな……」

清十郎は夢から覚めたような顔付きとなり頭を掻いた。

今日の清十郎はまったく形無しである。

隙《すき》のないこの男が、お才の前でしどろもどろになっていた。

六

「こんな小さな寺にどなたかお偉いお方がおこしになっているんですかねえ……」

秋の柔らかな日射しを浴びて、心地よさそうに目を細めながら老婆が話しかけた。

「婆殿、なにゆえそう思うのだ……」

それに応えたのは五十過ぎの武士である。

黒木綿《もめん》の衣服を着流しているところを見ると、浪人かと思われるが、その仕立や腰の大小は粗末なものではなく、髷《まげ》もきれいに結いあげられていて、人品《じんぴん》卑しからぬ佇《たたず》まいであった。

二人は下谷の東泉寺という小さな寺の内にある墓場に来合せて、どちらからともなく声をかけ合って己が目当ての墓所へと向かっている。

「お武家様は気付かれませせなんだか。何やら寺の周りをお侍が物々しゅう固めてござった」

「ほう、左様か、まるで気付かなんだが、そのうち偉いお方が通りかかるのであろう」

「左様でございますかな……」

「お蔭で用心が好いわ」

「まったくで……。お武家様はどなたのお墓に参られますので」

「うむ、昔の女がここに眠っておってな」

「ほッ、ほッ、隅に置けない旦那様じゃ。こうして参ってもらって、仏様もさぞお喜びでございましょう。ではわたしも、死んだ亭主に会《お》うて参りますでございます……」

にこやかな笑みを交わして二人はそれぞれ目当ての墓所に別れた。

武士はやがてこぢんまりとした墓所の前に屈《かが》み込んだ。そこに刻まれた生前の名を見るに、この墓がお園という女のものであることがわかる。

「お園……。思い切ったつもりでも、やはり気になって来てしまったよ……」

そう墓標に語りかけたのは、佐原信濃守である。となれば、お園というのは常磐津の師匠・お才の母親に他ならない。

たった今、老婆が話していた物々しい侍達というのは、微行の信濃守を警護する侍であったのだ。

かつて微行中に襲われたことのある信濃守の外出を危ぶむ家来も多かったが、墓参となれば止めるわけにもいかずこの日を迎えたのである。

しっかりと墓標に手を合せた信濃守はしばし黙禱《もくとう》した後、呟くように目に見えぬお園に語りかけた。

「お前はいつかお才におれのことを話すつもりだったんだろうが、心配するな……。おれが奴の父親と知れたからって、お才は何も変わりはしねえ。ふッ、ふッ、実に落ち着いたもんだ。おれを恨むどころか、この世に生を受けさせてもらって手を合わす想いだとぬかしやがったそうだ。はッ、はッ、お園、お前いい娘を生んでくれたな……」

信濃守の目に熱いものが湧き出してきた。

「歳を取ると涙もろくなっていけねえや……」

左の人差指でそっと目を拭《ぬぐ》う信濃守の表情は晴れ晴れとしていた。

佐山十郎などと、昔を偲んだ名を名乗りそっとお才の傍へと寄って、娘の人となりを見極めようとした信濃守であった。

言葉を交せば交すほどに、気性を知れば知るほどに、お才はお園を彷彿《ほうふつ》させる優しさと芯の強さを持ち合す、真に好い女に成長していることがわかった。

だが、その芯の強さは一旦こう思ったことは何が何でも貫き通すという覚悟の備えを秘めていた。

あの日、お園が信濃守のことを想いその身を隠したとはいえ、自分にその気があれば母子共々に傍へ置けたかもしれない。

内心忸怩《じくじ》たる想いを抱えつつも、運命の波に押し流されてしまった自分を、お才は頑に拒むかもしれない――。

そんなことを考えると、時にお才と会える楽しみを失うのが恐くなって父である事実を告げられぬまま、いたずらに時を過ごしてしまったのだ。

しかしわかってしまえば、

「どうかこのことはひとつ、お仲間の内の秘め事……」

　そんなことで了見してもらいたいと、お才は眞壁清十郎にあっけらかんとして語ったという。

「〝お仲間の内の秘め事〟だとよう。うめえこと言ってくれるぜ。お才はよう……」

　大目付様ほどの人の娘であることは口にするのも畏れ多い。しかし、佐山十郎こと〝十さん〟はお仲間の一人であるから、共に内緒事にしてもらいたい。

　遠回しに何も恨んではおりませんが、今の暮らしでいさせてくれという、お才ならではの言い方なのである。

「お仲間というなら、またほとぼりを冷ましゃあ、会える日もくるってもんだ。何よりだったよ……。だがお園、お才はあくまでも常磐津の芸に生きる女でいるとよ。これがちょっとばかり残念だ。おれの娘であるからは歴《れっき》とした武家娘。あの、峡竜蔵の女房にしてやろうと思ったのによう……。まったく想い合えどもひとつにゃあならねえ……。まどろこしくて仕方がねえが、ここはただ見守ってやるしかねえのかな……。どう思う、お園……」

　出来ることならお才と二人で墓の前に並んで、あれこれと語りかけたかった信濃守であったが、墓標相手とはいえ娘への心配を口にしてみるとえも言われぬ幸せな心地がした。

「お園、お前も一度くれえ見たことがあるだろう、峡竜蔵……。何とも好い男なんだ……、もっともお前が会ったとしたら、相当な喧嘩師の頃だったかねえ……」


その峡竜蔵は日々稽古に明け暮れていた。

赤石郡司兵衛が催す大仕合が、少し早まって年内にも行われることになり、気合が充実してきたからである。

しかし、お才が佐原信濃守の娘であると、はっきり知れた日の夜だけは、お才を〝ごんた〟に連れ出して、竹中庄太夫、神森新吾と四人で派手に飲んだ。

お前が誰の娘であろうが、おれ達は相変わらずなのだと、お才の屈託を払ってやろうと皆で酔っ払ってやったのである。

酔ってうだうだと言い合って、次の日は重い頭を抱えて何もかも忘れてしまう。

それがお才の日常であることを峡竜蔵は知っていた。

そしてお才は、

「そうさ、あたしはただの常磐津の師匠さ。何があったって変わりはしないよ。ただねえ、こう見えてもやんごとなきお方の落し胤《だね》なんだよ。皆の者頭が高いよ！」

随分と飲んだ後、こう言い放って颯爽《さっそう》と帰っていったのである。

「さすがは師匠でござりまするな。何もかも笑いとばして明日を生きる……。素晴らしい悟りでござりますぞ」

庄太夫はそう言って納得の目差《まなざし》をお才の後ろ姿に向けたものだが竜蔵は違った。

何か身の周りに起こると、それを契機に生まれ変わろうとするのがお才の身上《しんじょう》でもあることを竜蔵だけはわかっている。

〝ごんた〟で飲んだ翌日。

早速、竜蔵は眞壁清十郎を峡道場へ呼んだ。

稽古相手になってもらいたいとの要請であったが、今回もまた確かめておきたいことがあったのだ。

夕刻に清十郎は現れたが、その時には内弟子の雷太も母屋に下がっていて、稽古場には誰もいなかった。

「清さん、今日はおぬしと二人だけで稽古がしたくてな……」

竜蔵はにこやかに清十郎を迎えたが、その目の光には、怒っているような笑っているような、それでいてどことなく切ない色が込められていた。

年来の友となった清十郎には大よその察しはついた。

峡竜蔵の目は、友として お前に言っておきたいことがある——そう告げているのだ。

元より清十郎には謝らねばならぬことがあった。

「竜殿、すまなかった。某が師匠の許に浄瑠璃を習いに行ったのは、某の親がお園さんに世話になったゆえのことだと言ったが、そうではなかった……」

清十郎は頭を下げた。

「そんなことはどうでもいいさ……」

竜蔵はふっと笑った。

「主命をた易く人に言えるはずもない。宮仕えの身なら当り前のことだ」

「いや、竜殿は佐原家の剣術指南を務める身であるし、我が殿のお覚え目でたき人だ。殿にはかって竜殿だけには打ち明けるべきであった……」

「堅いよ清さん。お才の親が誰であったとてどうでも好いことだ。むしろ佐原のお殿様でよかったってものだ。おれが今日お前さんに訊きたかったのは他《ほか》のことだ」

「他のこと……」

「まあいいや清さん、まず稽古をしようよ」

「うむ、そうでござったな……」

清十郎は竜蔵に言われるがまま防具をつけた。いつしか竜蔵はこの友のために、いつでもここで稽古が出来るよう一揃《ひとそろ》いを稽古場に絶えず用意していた。

竜蔵もまた手早く防具を身につけたが、その間も口は動いていた。

「そういえばいつだったか、ここで賊に不意討ちを喰らった時、深編笠《ふかあみがさ》を被《かぶ》った清さんが助太刀《すけだち》してくれたことがあったな」

「いかにも……」

「あの時から、清さんはいつもおれに何かがあると、どこからともなくやって来て助けてくれた……」

「大したことはしておらぬよ……」

しみじみと語り合う間に、防具を身につけた二人は竹刀《しない》を構え相対《あいたい》した。

「今日もこうして稽古につき合ってくれた……」

「来させて下さったのは殿だ」

「ふッ、清さんらしいや」

竜蔵はそう言うと打ち込んだ。

清十郎はこれを全身全霊をかけて受け止めた。

大事の仕合に臨む峡竜蔵の稽古相手にならなければいけない。その想いが清十郎の腕を押し上げた。

この何年かの間に、腕自慢の清十郎が舌を巻く強い剣客へと成長した峡竜蔵とまともに打ち合うには何と骨のいることか――。

「ひとつ訊いておく！」

立合いつついきなり竜蔵が叫んだ。

「清さん、お前はお才に惚れているのだろう」

「な、何ということを……」

清十郎は動揺して、その刹那《せつな》、ポンと面を叩かれた。

「見ろ、今お前は心を乱したじゃあねえか……」

「いや、そうではない……」

清十郎は口ごもった。先日は語る浄瑠璃に屈託を見つけられ、今またその剣に動揺を見られるとは――。

一芸に秀《ひい》でた者にあっさりと試されてしまう自分の弱さを思い知りながら、稽古中であるからこそ、清十郎は慌ててしまった。

竜蔵はニヤリと笑ってさらに打ち込む。

清十郎はこれをかわすと、鍔《つば》迫《ぜ》り合いとなって、

「剣の乱れは心の乱れだ……。清さん。お才は主君の娘、おれの昔馴染……。だから

こそ、そっとその邪魔にならぬよう見守っていたい……。そんなけちな考えを持っているのならおれはお前と絶交をするぞ」

「竜殿、何を言う！」

清十郎は気合一番、竜蔵の体をどんと押し返した。

「某は確かに師匠を大切に想うている。だがそれは……」

「やかましいやい！　清十郎、ごたくを並べるな。おれとお才は好い仲になるならもうとっくの昔にそうなっているさ。好いかい、おれはお才に惚れてはいるが、あいつのために剣は捨てられぬ。また奴もおれのために芸は捨てぬよ」

「何を言いたい！」

「お前はおれと違って、いざとなりゃあ身ぃひとつとなってお才を守ってやることのできる男だ」

「竜殿、それは違う！」

「何でもいい。お前ならお才に惚れることを兄貴分として許してやる。それを今日は言いたかったのさ！」

竜蔵は再び凄《すさま》じい勢いで打ち込んだ。

清十郎が親友の自分にさえも、お才への想いを口にすることがないのはわかっていた。

だがそれでよかった。

親友の自分に言う前に、信濃守との因縁をお才に話した清十郎の真意は竜蔵にはわかる。

そして、何かをやらかそうとする時のお才には自分よりも眞壁清十郎の方が頼りになる存在であることも。

「竜殿、おぬしは卑怯《ひきよう》だ！」

清十郎は感情の爆発を剣に託して竜蔵に訴えた。

その技は豪快に竜蔵の面を襲ったが、かろうじて竜蔵はこれをかわすと、

「何が卑怯だ！」

と問い返した。

「おぬしのしていることは敵を前にして逃げるに等しい！」

「それもまた兵法よ！」

二人の激しい稽古は続いた。

激しくぶつかり合うことでしか、互いに心に秘めた恋心を外に出せぬ男と男であった。

それでも互いの激情をぶつけ合うことで、大事に想う者の幸せを確保せねばならなかったのである。

まったく子供じみていて下らない――。

笑わば笑え。男の心を知らぬ者の嘲笑《ちょうしょう》に何の意味があろうか。

力の続く限り二人の稽古は続くのだ。

ちょうど同じ頃。内藤新宿の旅籠〝一文字屋〟の隠居、伊兵衛がこの世を去った。

その死に顔は少年のように瑞々《みずみず》しかったという。

第四話　大仕合

一

その日。

峡竜蔵はのんびりと釣船の上で竿《さお》の糸を垂れていた。

初冬の芝の沖合は朝から波も穏やかで、汗ばむ陽光が水面《みなも》をきらきらと輝かせている。

櫓《ろ》を漕ぐのは芝神明の見世物小屋〝濱清〟を取り仕切る安次郎《やすじろう》、竜蔵と並んで釣りを楽しんでいるのはその親方である清兵衛――いつもの顔ぶれである。

「たまにはこうやって、海をじっと見ているのもようござんしょう」

安次郎がにこやかに竜蔵を見て言った。

芝界隈《かいわい》に睨《にら》みを利かす香具師《やし》の元締・浜の清兵衛の若い衆として方々を走り回っていた〝安〟も、今では一端《いっぱし》の兄貴格となった。

　それでも清兵衛が竜蔵を釣りに誘ったり、獲《と》れたばかりの魚を捌《さば》いてもてなす時などは、

「そいつはあっしでなくっちゃあ旦那が寂しがるに決まってまさあ……」

　などと言っては供を買って出る。

　安が峡の旦那を慕うのはずっと変わっていないのだ。

「ああ、ほんに心地が好《い》い……。やっぱり安、お前に漕いでもらわねえと、こちとら調子が出ねえやな……」

　竜蔵はというと、こんな風に気《き》易《やす》い言葉を返すものだから、安次郎もますます嬉《うれ》しくなる。

「へッ、へッ、親方、お聞きなさいやしたか。あっしが毎度出しゃばるのは旦那がお望みだからでございますよ」

「ふッ、好い気になるんじゃねえや……。お前の櫓はどうも落ち着かなくていけねえ」

　清兵衛はそれをやり込めると、

「このところはお稽古《けいこ》が滅法忙しいとお聞きいたしておりやしたから、息抜きになればとお誘いしたのでございますがね、好い日和《ひより》でようございました」

ゆったりとした口調で竜蔵に話しかけた。

裏へ回れば泣く子も黙る顔役であるが、日頃の好々爺《こうこうや》ぶりはますます色合を強めている。

「いつもすまねえな。こうやって波に揺られながら、海の中にいる魚の呼吸を読む……。なんてことも大事なんだろうよ。心の内がすっきりとしてきたような……」

直心影流《じきしんかげ》第十一代的伝・赤石郡司兵衛が、剣技抜群の士を集めて行う大仕合の日取りは十二月の八日と決まった。

これに招待されることとなった竜蔵は、門人に稽古をつけながら自分の剣技の向上もはからねばならず、多忙の日々を送っていたのだが、仕合の日も迫りこのところは何やら落ち着かずにいた。

「何でも大仕合にお出になるとか……」

「ああ、何とか勝ちてえものだ」

「勝てば好いことがあるんですかい」

「十両ばかりくれるそうだ」

「十両ねえ、もうひと声といったところでございますね」

「そいつは確かだ。だが、勝ち抜くと直心影流の中では多少好い顔になるだろうよ」

「するとお弟子も増えるってわけですかい」

「だろうな」

「そいつは何よりで」

「弟子のことはどうでもいいんだが……。思えばおれは剣術を極めようと志しながら、この歳《とし》になるまで喧嘩《けんか》や斬《き》り合いに時を費やして、真の剣を修めてこなんだような……」

「旦那は、太平の世にあって人を活《い》かす剣とは何か……。それを追い求めてきなすったんじゃあなかったんですかい。決して剣術を疎《おろそ》かにされたわけじゃあねえと思いますが……」

「そう言ってくれるのはありがたいが、手前から首を突っ込んであれこれ人様に迷惑をかけたこともあった。今度の仕合では、今までのおれの剣客としての腕を、きっちりと試したいのだよ……」

「何となくお気持ちはお察しいたしますが、峡竜蔵贔屓《びいき》のあっしには、大仕合がどうであれ、旦那には今までと変わらずにいていただきとうございますよ」

「おれは変わらずにいて好いのかねえ」

「歳をとったからといって、変わりゃあ好いものではござんせん。ヘッ、ヘッ、こいつはちょいと、わかったようなことを申しました。ご勘弁願います」

波は相変わらず穏やかで、水面はきらきらと光っていた。

浮きをぼんやり眺めながら清兵衛とこんなやり取りをしていると、竜蔵の大仕合に対する気負いも薄らいできた。

その時、猛烈な勢いで一艘《そう》の釣船がこちらへ向かって近付いてくるのが見えた。

「おっと、ありゃあ竹中の旦那じゃあありませんか……」

安次郎が遠目を利かせて言った。

確かに船には竹中庄太夫が乗っている。竜蔵は静養していたが、峡道場の稽古は今日も神森新吾を中心に続けられていた。

櫓を漕いでいるのは清兵衛の右腕で、釣具店〝大浜〟を任されている舵取《かじと》りの浪六《なみろく》であった。

「見ろ、櫓はあんな風に漕ぐもんだよ……」

清兵衛がからかうように安次郎に言う間に、釣船はたちまち傍《そば》へと近付いた。

「庄さん！　何か一大事かい！」

竜蔵の大音声《だいおんじょう》はすぐに庄太夫に届いた。

「はい、一大事にござります！」

細い体のどこから出るのか庄太夫の声もよく通る。だがその声には緊迫した重さはなく、どこか浮き立つものがあった。

「団野先生がお見えになりました！」

「団野先生が……」

それは一大事と竜蔵の声も躍った。

「親方、すまぬがちょいと中休みをさせてくんな」

「へい、そりゃあようございますが、随分と偉《えれ》えお方のようで……」

「赤石先生の次に、直心影流を受け継ぐ人なのさ」

「そいつは大変だ。浪六！　頼んだぞ！」

「へい！」

清兵衛と浪六は元をたどれば漁師と船頭、共に喉《のど》は鍛えられていて剣客以上に声が大きい。

竜蔵は浪六の船に飛び移り、すぐに峡道場へと戻ったのである。

団野源之進《げんのしん》は当代一流の剣客である。

赤石郡司兵衛門下の俊英で、峡竜蔵より六歳年長、寛政七年（一七九五）に本所亀沢町に己が道場を開いて独立をした。

竜蔵も弱年にして一道場を持つ身となったが、源之進のそれとは意味合が違う。

亀沢町の道場はたちまち直心影流の中でもひとつの地位を築き、やがて彼が赤石郡司兵衛の後を継いで第十二代的伝となることは誰の目から見ても明らかであった。

赤石郡司兵衛は藤川弥司郎右衛門の高弟で、弥司郎右衛門晩年の内弟子であった峡竜蔵にとっては親子ほどの違いはあれど兄弟子《あにでし》にあたる。

その郡司兵衛の弟子である団野源之進と竜蔵はあまり接する機会はなかった上に、竜蔵がまだ二十四歳の時に源之進が独立をして本所に稽古の場を移したことからほとんど竹刀《しない》を交えたことはない。

それでも人望厚く、若年の頃より剣技がずば抜けて秀《すぐ》れていた源之進は竜蔵にとっての憧《あこが》れであり、機会があれば稽古を願ったものである。

竹中庄太夫はそれを知るだけに、ふらりと三田二丁目の道場に源之進が現れた折は腰を抜かさんばかりに驚いて、何とか稽古場に留《とど》まってもらうよう願い、竜蔵を呼びに走ったのであった。

それにしてもいったいどういう風の吹き回しであろうか。団野源之進が三田二丁目の道場を訪ねるなど今まで一度もなかった。

竜蔵が庄太夫と駆け戻ると、源之進は見所《けんじょ》にいて、にこやかに峡道場の門人達の稽古を見つめていた。

供もなく、今日の竜蔵と同じく多忙な日々における雑念を払って楽しんでいるかのようである。

「これは先生！　お待たせして申し訳ござりませぬ……」

恐縮の体《てい》で竜蔵が近くに寄って畏《かしこ》まると、

「いや、これは竜蔵殿、かえって騒がせてしまったようだな」

源之進は竜蔵を気遣って少し顔をしかめた。

かける言葉には親しみが込もっているが、師・赤石郡司兵衛の弟弟子にあたる竜蔵に敬意を払い、源之進はいつも〝竜蔵殿〟と呼んでいる。

「騒がせたなどとはとんでもないことでござりまする。少しばかり気晴らしに、その辺りをほっつき歩いていただけで……」

「気晴らしの邪魔を致したならお申し訳なかった」

「どうぞお気遣いは御無用に願いまする。団野先生がこの稽古場にお立ち寄り下されたことが何よりも嬉しゅうござりまする」

「それはよかった……。門人の皆もなかなか好い稽古ぶり。見ていて楽しゅうござったぞ」

「先生が御覧になられているのです。張り切らぬわけがござりますまい」

二人は笑い合って稽古場で汗を流す峡道場の門人達を見回した。

竜蔵の言う通り、団野源之進に名を覚えてもらおうと、神森新吾以下この日稽古に励む八人ばかりの弟子達の気合は充実していた。

「時に先生、今日は何かこの辺りに所用でもござりましたか」

「いや、某《それがし》も気晴らしにぶらりと歩く内に、無性におぬしに会いとうなってな」

「わたしに……、でござりますか……」

日頃これといった行き来のない団野源之進にそう言われて、竜蔵は首を傾《かし》げた。

「このところ赤石先生に会う度に、おぬしの噂《うわさ》話を聞かされていてな……」

「左様でござりますか。あの馬鹿はどうしようもない奴だと、お話しになられましたか」

「ふッ、ふッ、あれこれと笑わせてもろうたが、おぬしの剣の上達ぶりは大変なものだと誉《ほ》めておられた……」

「まさか赤石先生が……。滅多と稽古をつけて頂けぬというのに、上達ぶりなどとはおからかいにござりましょう」

「いや、数少ない稽古でそうお思いになるのだから大したものだ」

剣の話となって穏やかな源之進の表情が俄《にわか》に引き締まった。

「それは、ありがとうございます」

竜蔵の言葉にも力が込もった。

「そのようなおぬしが、年の瀬に開かれる大仕合に出ると聞いて、何やら嬉しゅうなってな……」

「声をかけてやろうと……」

「励まそうと思ったのだよ。実は赤石先生に大仕合を勧めたのは某でな」

「左様でございましたか」

「直心影流も、近頃では方々に稽古場を構える大きな流派になったゆえに、何かと風通しが悪うなってはいかぬと思うてな」

「それはわたしも同じ想《おも》いでござりまする。幸いこの竜蔵は門人も十人ばかり、動き易い身ゆえに方々にお邪魔をいたしておりまするが、今度の大仕合で初めて知る同門の士もいるかと思うと胸が躍ります」

「藤川先生がお亡くなりになってこの方、おぬしほどの男を忘れかけている者もいよう。しっかりと思い出させてやるがよい」

「わたしは誰に忘れられようとも、団野先生に覚えていただくだけで満足にございまする」

「ふッ、ふッ、言うてくれるわ……」

源之進は再び笑顔となって、

「某もこの仕合に出て、おぬしと立合いたかったのだが、赤石先生からそれはならぬと言われてしまった」

「それは当り前でございます。先生が仕合に出られれば、わたしなどは形無しにござりまする」

「今のおぬしと仕合ができるよい機会だと思うたのだがな」

「わたしと仕合をして先生に何の得がございましょう」

「いや、先だっておぬしが赤石先生に稽古をつけてもらう様子を見かけたが、勝てる気がせなんだ……」

「はッ、はッ、お戯《たわむ》れを……」

「戯れではない。人を教える身となって、誰かと仕合をしてみたいという気になったのは初めてのような気がする」

「先生……」

「まあ聞いてくれ。それで某は赤石先生に、今度の大仕合で勝ち抜いた者と改めて仕合をさせてもらいたいと願い、これを許された。竜蔵殿、必ず勝ち抜くのだぞ……」

「仕合に勝ち抜けば、今度は団野先生と仕合を……」

「迷惑かな」

「いいえ、これほどの誉《ほま》れはござりませぬ！」

「それならば、必ず、な……」

「はい、必ず……」

「何よりそれを言いたかった。今日はこの後、おぬしと立合《たちお》うてみたい気もするが、それは晴れて仕合の日まで辛抱しておこう……」

団野源之進はそう言い置くと、満面に笑みを湛《たた》え竜蔵の肩をぽんと叩《たた》いて稽古場を後にした。

「先生……」

何か我が門人達にお言葉を賜《たまわ》りたいという言葉さえ口から出ずに、竜蔵は呆然《ぼうぜん》とした様子で源之進を見送った。

今やその剣技の上達止《とど》まるところを知らぬ峡竜蔵であれども、剣術の仕合において必勝の二文字はないと心得ている。

そして同じその想いを、竜蔵年来の憧れであり雲の上の存在であった団野源之進が、自分に対して抱いているとは……。

「先生、これは何としても来たる大仕合は勝ち抜かねばなりませぬな……」

背後から竹中庄太夫が言うので我に返った。

邪魔にならぬよう控えて、しっかりと聞き耳を立てることでは、もはや名人といえる庄太夫であるが、さすがにその声は震えていた。

「ああ、庄さん、そのようだな……」

竜蔵の口の中もからからに乾いて声にならなかった。

奇妙な取り合せの師弟が夢見た直心影流峡派の隆盛が、知らぬ間に近くまで来ていることに、二人は今気付いたのである。

二

翌日から峡竜蔵は参禅をした。

思わぬ栄誉に舞い上がって、己に猛稽古を課しかえって体調を崩さぬようにと、竹中庄太夫に勧められてのことであった。

峡竜蔵の一番弟子ではあるが、今ひとつ腕の立たない庄太夫のわかったようなわからないような理屈を、竜蔵はどんな時でもとにかくまず試してみることにしていた。

ほとんどの場合、好い結果が出るからだ。

この度も、三日参禅に挑むと剣術の稽古が恋しくなる。そして頭の中でいかに美しく技を繰り出すか、客観的、俯瞰《ふかん》的に見ることが出来た。

その後、竜蔵は稽古を再開して赤石郡司兵衛を下谷車坂の道場に訪ねたのであるが、ここで思わぬ男の名を聞かされることになる。

神田《かんだ》裕司《ゆうじ》郎《ろう》――かつて竜蔵と同じ藤川弥司郎右衛門の門下生で、後に弥司郎右衛門の勧めで赤石郡司兵衛門下となった後に、ここ六年の間武者修行に出ていた剣客であった。

赤石郡司兵衛に稽古をつけてもらうため、拵《こしら》え場で稽古着に着替えていると、竜蔵はちょうど赤石道場の門人・沢村直人《さわむらなおと》と一緒になり彼の口から聞いたのだ。

沢村は竜蔵と同年。町医者の倅《せがれ》で、体の動きが敏捷《びんしょう》であることから剣術を習い、筋の好さを認められ藤川弥司郎右衛門の弟子となった。しかし、直心影流の道統が赤石郡司兵衛に移ると見るや、神田裕司郎が赤石門下に入門し直す際、うまく立ち回って自分も赤石門下となった。

昔からそういう要領がよく、才知をひけらかす沢村とは反《そ》りが合わず、竜蔵は何かというと沢村に喧嘩を売ってきたし、稽古する機会があるとむきになって痛めつけてきた。

それゆえに、竜蔵が赤石道場に来ると沢村はあれこれ理由をつけて姿を隠していたのだが、このところ見違えるように人間が丸くなった竜蔵は、

「お前とは色々やり合ってきたが、不思議なものだな。ここで沢村の顔を見かけると何やらほっとするよ」

などと声をかけるようになり、元より腕の違いを見せつけられている沢村も、赤石郡司兵衛の威を借りて竜蔵をからかったりすることもなくなっていた。

「竜蔵、お前にとっては気の毒な話だ。神田裕司郎が帰ってくるんだとよ……」

喧嘩することはなくなっても、沢村の話し口調にはどうも険がある。

何が気の毒だこの野郎——などと常日頃ならこんな言葉が出ようものだが、その名を聞いて竜蔵は、

「神田裕司郎か、嫌な野郎が戻って来やがったな……」

沢村の口調以上に不快な想いがして、

「で、奴も大仕合に出るってえのかい」

と素直に問い返した。

「そうらしい。まあ、奴は何事にも秀れている……。そう人に思わせるのが上手だったからな」

「ああ、まったくだ。さぞかし強くなって戻って来るのだろうな」

「それはわからぬが、きっと大仕合の噂を風の便りに聞きつけて、今なら一番をとれると思って戻って来るのに決まっている」

「裕司郎には何の恨みもないのだが、どうも奴は気に入らねえ」

「ああ、おれも竜蔵と同じ想いだ」

喧嘩ばかりを続けてきた竜蔵と沢村であったが、神田裕司郎の話になると意見が合う。

神田裕司郎は決して人に嫌われる男ではなかった。

人の悪口は言わぬし、努力家であるし、立居振舞も涼やかで、その竹刀捌きは天才的で彼の遣う剣は洗練されていた。そしてそれを誇って偉ぶるような真似《まね》もしなかった。

だがどうも峡竜蔵は昔からこの男を好きになれなかった。

剣は強く、眉目《びもく》秀麗にして、教養もあり、穏やかで人当りも好い――。

つまり欠点のない男なのである。しかし欠点のなさが自分をつまらなくしているとは思いもせず、少し気恥ずかしい人への親切などもさらりとしてのける。

それが竜蔵の目から見ると何とも嫌味なのである。

その神田裕司郎が、大仕合を聞きつけて武者修行を終え戻って来るのも、赤石郡司兵衛に仕合への出場を求められたからに違いなかったが、竜蔵は何やら好い所取りをされるようでこの度もまた気に入らなかったのである。

「沢村、まずお前が目にものを見せてやるがいい……」

「生憎《あいにく》それはできん」

「どうしたというのだ」

「どうしたも何も、おれは今度の大仕合、お呼びがかかっていないのだよ」

「何だそれは……」

「赤石先生に聞いてくれ。まあ、先生にしてみれば自分が仕合を呼びかけるにあたって、己が門人を出すことをお控えになったのであろうがな……」

沢村は吐き捨てるように言った。

あれこれと理屈の多い沢村らしい言い訳がその言葉に含まれていたが、赤石道場にあって優等生を気取ってきた身が、仕合に出られぬという無念がその表情から窺《うかが》われた。

「だが楽しみだよ。竜蔵が奴の竹刀捌きにしてやられる様子を見るのがな……」

沢村は憎まれ口を叩くと、さっさと稽古場へと出て行った。

竜蔵に己が弱味を見られまいとする精一杯の強がりであったゆえ、怒る気にもならなかったが、

「沢村！　手前、この野郎……」

とばかりに追いかけ回して締めあげて、後で兄弟子達からこっぴどく叱《しか》られるというあの頃が、すっかりと思い出になっていくことに、竜蔵はえも言われぬ寂しさを覚えた。

その日の稽古で、竜蔵は赤石郡司兵衛から一本も取れなかった。

後で教えを請うと、

「仕合を控えた今は、一本取ることより取られぬ稽古をすればよい」

郡司兵衛はそう応《こた》えたものだ。

つまり、竜蔵にさえも一本いれさせぬ、今自分がしたような剣を体得しろとのことであるが、

「赤石先生の真似など出来ませぬ……」

竜蔵は溜息《ためいき》交りに言って郡司兵衛を失笑させた。

「お前のそのしかめっ面は子供の頃から変わっておらぬな」

「剣の上達も変わっておりませぬ。もうやけくそでござりまする」

「何の、謙遜《けんそん》もいい加減にしろ。子供のままのお前に源之進が勝負を望むわけがなかろう」

「団野先生のことでござりまするか」

「そうだ。奴め年甲斐《としがい》もなく峡竜蔵の剣に領《りよう》ぜられたと見える」

「それは、ありがたいような、恐ろしいような……」

「おれの後を継いで道統を守り育《はぐく》んでいかねばならぬ身が、今さら仕合をしている場合でもなかろうに……」

「はい……」

「だが、お前と源之進の仕合を見るのはちと楽しみじゃ」

「あっという間に負けるところを、あまり人に見られとうはござりませぬが……」

「心配いたすな。仕合はごく身内だけで取り行なう」

「忝《かたじけの》うござりまする……」

「源之進があっという間に負けるやもしれぬゆえにな」

「おやめ下さい。そういう言葉は折れ曲がって広まるものです」

「ふッ、ふッ、そうかもしれぬな。だが竜蔵……」

「はい」

「それはお前が大仕合で勝ち抜いた時のことじゃ」

「そうでございました。わたしは勝ち抜けるでしょうか」

「その内、仕合に出る十人の名も知れようが、いずれもお前と同じ年恰好《としかっこう》で剛の者ばかり。だがその中でも竜蔵に勝てる者がいるかどうか……」

郡司兵衛はニヤリと笑ったが、竜蔵の表情は厳しくなった。

「神田裕司郎を除いては、でござりまするか」

「ほう、神田が戻ってくることを早《は》や知ったか……」

「はい、赤石先生がお呼びになったと聞き及んでおりまする」

「いかにも。この六年の間江戸を離れていたあ奴をいきなり出すのはどうかとも思うたが、神田を呼ばねばお前もいささか物足らぬのであろう」

「先生もお人が悪うございますな」

「峡竜蔵をた易く勝たせぬ……。それが今のおれの努めじゃよ」

「団野先生と仕合をしとうございます。大仕合は何としても勝ちまするぞ」

竜蔵はきっぱりと言った。

その途端、竜蔵の五体に刀を抜いての果し合いの時とはまた違った緊張がかけ巡った。

「よう申した。竜蔵、刀を抜いてならお前に勇ましゅうかかる者などおるまい。このおれとてそうだ。だが、竹刀での立合はそうはいかぬ。元より剣術は刀を抜いての斬り合いを頭に描いて稽古をするものだ。とはいえその優劣を決するために、その都度真剣勝負をするわけには参らぬ。剣術で生きる者はいずれもが強くなければならぬ。竜蔵、虚を衝かれるなよ。竹刀を触れさせるな……」

郡司兵衛は竜蔵の緊張を見てとって、このような訓示を与えつつ、

「おれはまた、いかにお前の体に竹刀を触れさせるか。それを神田裕司郎に教える。よいな……」

武者修行に出たとはいえ、赤石道場の門人であった神田裕司郎に勝たせてやりたいという思いをも伝えたのである。

三

それから三日がたって――。

噂の神田裕司郎は上方《かみがた》から東海筋の剣術道場に立ち寄りつつ江戸へと戻った。

裕司郎は大番衆の二男として生まれた。

幼ない頃から剣技に秀れ、神田無心斎《むしんさい》という一刀《いっとう》流の兵法者の養子となったのだが、無心斎が裕司郎十五の折に夭逝《ようせい》したので、実家の援助を受けながら藤川弥司郎右衛門の許《もと》に入門した。

生前、無心斎と弥司郎右衛門との間に交誼《こうぎ》があったからであるが、藤川道場には同じ年代の峡竜蔵が内弟子にいた。これが裕司郎に劣らぬ剣技に秀れた若者であるから、互いに切磋《せっさ》琢磨《たくま》することを弥司郎右衛門は望んだ。

しかし、若い頃の竜蔵は、

「あの野郎、おれと張り合おうとするならぶちのめしてやる……」

などと、同年代の者を見るとまず突っかかる性分で、切磋琢磨とはいかなかった。

裕司郎の剣技が優れていて、竜蔵の意味のない挑戦を巧みにあしらうものであるから、竜蔵は余計に荒々しい稽古をぶつけるようになる。

行儀が好く、上の者からの覚えめでたく、無心斎が住まいとしていた本正寺の僧房から下谷長者町の道場へ通う道中娘達に大いに騒がれた裕司郎であるだけに、竜蔵は余計にむきになった。

それでも裕司郎は泰然自若《たいぜんじじゃく》としていて、竜蔵に対して怒るわけでもなく、かかわる

こともなく淡々として藤川道場での日々を過したのであったが、

「竜蔵のためにも裕司郎は赤石郡司兵衛に預けた方がよい……」

との弥司郎右衛門の意向で神田裕司郎は赤石門下となったのだ。

それでも藤川道場と赤石道場はほど近く、裕司郎は何かというと弥司郎右衛門に会いに訪れたから、竜蔵とはよく顔を合わせたが、この二人が語り合うことはなかった。

「裕司郎には何の恨みもないのだが、どうも奴は気に入らねえ」

赤石道場で思わず沢村直人に語った竜蔵の言葉がすべてであったが、世の中にはそういう相手が必ず一人や二人いるものなのかもしれない。

若い頃なら、ただそこにいるだけで気に入らぬと誰かれ構わず喧嘩をふっかける闘争心も湧《わ》いたが、三十三にもなって気に入らぬというだけでそんな熱い思いも湧かぬ。

あいつはあいつ、おれはおれ——。

わざわざかかわる必要もない。

今、竜蔵の強敵と目《もく》される相手は、そのような間柄の士であった。

それゆえに長い間会っていないかつての相弟子ではあるが、互いを訪ね合うこともなかった。

先日、赤石郡司兵衛は、

「峡竜蔵をた易く勝たせぬ……。それが今のおれの努めじゃよ」

そう言って、神田裕司郎を竜蔵に勝たせるための指導をすると竜蔵に伝えた。

もちろん、それが郡司兵衛なりの竜蔵への厚情であることは身に沁《し》むほどわかっているが、大仕合が済むまでは赤石道場は敵地である。

あれ以来竜蔵は赤石道場へ稽古に行くのを止《や》めた。

そして、再び元住んでいた寺の僧房を借り受け、赤石道場に通い始めたという神田裕司郎の噂だけは次々ともたらされた。

老年ゆえに大仕合には出られぬ剣友・桑野益五郎。

剣技は優秀であるが、惜しくもこの度の出場十人の枠から洩《も》れた長沼道場の中川裕一郎らが、神田裕司郎がどのような竹刀捌きをするのか窺いに行ったのである。

彼らは無論、峡竜蔵の勝利を望み、信じている。

それだけに偵察を試みたのだが、皆一様に舌を巻いて、竜蔵に伝える言葉もいささか遠慮がちになった。

「あ奴の竹刀捌きは、まるで両の手から竹刀が離れて宙を躍るかのような軽やかさでござった……」

桑野益五郎はそう評したし、

「神田殿はまったく思いもかけぬ間合から打ち込んできます。気が付けば面を打たれているというような……」

実際に赤石道場で稽古をした折、神田裕司郎と立合った中川裕一郎は、その変幻自在なる打ちに、立て続けに技を決められたと嘆息した。

「そうか、あ奴は変わっておらぬな……」

竜蔵は話を聞いて、若い頃の牛若丸のごとき素早い身のこなしで、自分をむきにさせた神田裕司郎の技を思い出した。

それは実に洗練されていて、防具着用による竹刀での打ち合いが流行する江戸剣界の動きを先取りするものであった。

「奴はあの剣術を、武者修行をすることでさらに磨きをかけたようだな……」

竜蔵はあれこれ教えてくれた剣友達には、いつものように片手拝みで謝したものだが、自分の方からは特に何を聞くでもなし、ごく平生の稽古に終始して神田裕司郎を意識する様子は見せなかった。

神田裕司郎はというと、

「峡竜蔵殿はあれから随分と強うなられたのでしょうね……」

久しぶりに江戸へ戻った報告と挨拶《あいさつ》を藤川道場と長沼道場にしに行った折に、会う人ごとに訊《たず》ねていたという。

裕司郎は赤石郡司兵衛から、

「峡竜蔵に勝つか負けるか……。大仕合に出るおぬしにはそれが何よりのこととなろう……」

そう告げられ、明らかに竜蔵を気にしているそうな。

互いに大仕合における最大の相手であると認識しつつ、両雄が顔を合わせることはなく幾日か過ぎたのであるが――。

そのような折に、竜蔵は本所出村町に暮らす母・志津から呼び出しを受けた。

志津と共に暮らす祖父である国学者・中原大樹の門人が届けてくれた文を一読すると、

〝何がさて参られたし〟

とだけ志津の手で書かれている。

「こんな大変な時に、いったいお袋は何の用があるというのだ……」

ぶつぶつと文句を言いながらも、行かねばならぬのが子の勤めである。

志津がその父・大樹と暮らす学問所の隣には、剣友・桑野益五郎の道場がある。

稽古相手に困っている昨今、帰りには桑野の稽古場で一汗かくのもよいかと思い直

して本所出村町へと出かけると、竜蔵はまず志津の居室に通されて、

「三日前のこと、神田裕司郎殿がここへ訪ねて参られました」

いきなり告げられた。

「神田が……。いったい何をしに……」

あまりにも意外なことを告げられて、竜蔵はぽかんとした目を母に向けた。

随分と前に、竜蔵が藤川弥司郎右衛門の内弟子として長者町の道場で暮らしていた頃、志津は折を見て息子に会いに行ったものだ。

その時に志津は折目正しい少年に挨拶をされたことが何度かあった。その少年こそが神田裕司郎で、志津とは面識があったが、本所界隈にまでわざわざ志津を訪ねてくるとは思いもかけぬことであった。

「母上に何の用があったというのです。まさかあ奴め、おれについて何か聞き出そうとして……」

「いえ、あなたのことではなく、綾殿のことでわたしに会いに参られたのです」

「綾坊を……」

その時の様子を志津が思い出すに、神田裕司郎は中原大樹の国学の講義が終った頃を見はからい、干菓子などを携えて颯爽《さっそう》と現れたという。

「神田裕司郎にござりまする……」

裕司郎はまず大樹と志津に折目正しく挨拶をすると、志津には、

「お久しゅうござりまする。あの頃とまったくお変わりになられぬ由《よし》、驚きました
……」

などとつくづく語りかけ、茶を供した綾をじっと見つめて、

「綾ちゃんもすっかりと美しゅうなられたな……」

と涼やかに声をかけたそうな。

「ほッ、ほッ、わたしはそんなに変わっておりませんかねえ……」

少しうっとりとして裕司郎の言葉を思い出す志津を見て、

「下らねえや……」

竜蔵は嘆息した。

「そんなおだてに乗って喜んでいるなど、お袋殿もめでとうなられましたな」

「ではお前は、わたしが年老いたとでも言うのですか！」

「そうは申しませんが、みっとものうござりますぞ」

「ふッ、ふッ、竜蔵、わかっていますぞ」

「何がです」

「お前は何事にも涼やかで、立居振舞が美しい神田殿がおもしろうないのでしょう」

「むッ……」

怒ったりからかったり、相変わらずのくそ婆《ばば》ァぶりだと辟易《へきえき》しながらも、志津の前では子供に戻ってしまう竜蔵であった。

「ああ、おもしろうはござらぬ。だがそれは、奴が羨《うらや》ましいのではなく、のこのこ訪ねてきて、さのみ親しゅうもない者を摑《つかま》えて、そのような歯の浮くことを平気で喋《しゃべ》る面の皮の厚さに、呆《あき》れているだけですよ……」

「そのような男は気に入らぬと……」

「はい。いかにも。それに、確かに奴は藤川先生の許にいて、長者町の稽古場に通ってはおりましたが、今となって慣れ慣れしくも〝綾ちゃん〟などと……」

「お前の〝綾坊〟と同じようなものではありませんか」

「違います。おれと奴とでは綾坊と一緒にいた刻の長さが違う。久しぶりに会って〝綾ちゃん〟などと……。はッ、はッ、聞いているこっちが恥ずかしくなってくる……。ああ、話がそれてしまいました。奴は〝綾ちゃん〟のことで訪ねて来たとか申されましたが……」

「そうでした……」

神田裕司郎は、かつて世話になった綾の父・森原太兵衛が病歿《びょうぼつ》した折、遠く旅の空の下にいてお悔みのひとつ言えなかったことを気にして、綾が今は中原大樹の学問所に寄宿していることを聞きつけ、とにもかくにも仏前に参ろうとやって来たのだという。

「さて、森原先生のことで本当に訪ねて来たのでしょうかねえ……」

竜蔵は何だかんだといって、自分の動向を探りに来たのではないかとうがった見方をした。

「今思えば竜蔵の言う通り、それはただの口実でした……」

これに対して志津はこう応えたが、

「そうでしょう、そうに決まっています……」

悦に入《い》る竜蔵の予想に反して、

「その実、神田殿は綾殿目当てに来られたのです」

「綾が目当て……？」

神田裕司郎が出村町まで来たのは、〝綾恋しさ〟ゆえのことだと告げたのである。

竜蔵は虚を衝かれて絶句した。

「まさか神田は……」

「わたくしの妻にもらい受けとうござりまする……。わたしと父上にそう申されたのですよ」

「ふざけた野郎だ……」

三日前に森原太兵衛の悔みを言いに来た神田裕司郎であったが、その翌日、すなわち一昨日に再び出村町を訪れて、中原大樹と志津に面会を求め、この話を切り出したという。

元より綾に身寄りもなく、今は大樹と志津が親代わりであると判じて、直《じか》に綾に求婚するのも無礼なことと、改めて話を通そうとしたようだ。

翌日に出直したのは、悔みを言ったその日にそんな話をするのは不謹慎だと思ったのであろう。

「次の日に出直したからとて、大した違いなどあるものか……。あの神田の野郎、今の綾坊の値踏みに来やがったに違いありませんよ。それで、好い女になったからもらってやろうなどと考えたのに決まっている……」

竜蔵は憤慨した。

そもそも中原大樹と志津の許に綾を預けたのは竜蔵の配慮であったのだ。

「それを勝手な真似をしやがって……」

「そういきり立つものではありません」

志津は竜蔵の怒りようを見て、ニヤリと笑った。

「神田殿はそういう事情までは知らなんだのでしょう」

「まあ、それはそうかもしれませぬが……」

「それに竜蔵、あなたが怒ることでもないでしょう」

「いや、しかし……」

「綾殿はあなたの許婚《いいなずけ》でも何でもないはずです」

「はい……。いえ、ですが綾坊はわたしの妹のようなもので……」

「のようなものとは何です」

「それは……」

言葉に詰まる竜蔵を、志津はどこまでも追い込むように、

「あなたは綾殿をどうしてあげたいのです」

「そりゃあ、妹のようなものですから、幸せになってもらいたいと……」

「幸せとは何です」

「たとえば、その、頼りになる男に嫁ぐとか……」

「それならば神田殿はあなたよりも頼りになりましょう」

「お袋殿……」

竜蔵はこの世で一番苦手な存在である母の前でしどろもどろになった。

「それとも何ですか、あんな奴に綾坊が嫁ぐくらいなら、いっそ自分が名乗りをあげてやる……。とでも考えているのですか」

志津は攻撃の手を緩めなかった。

「いえ、わたしは何も神田と張り合うつもりなどはございません」

「そうですか……。それならば、わざわざあなたを呼び出すこともありませんでしたね。わたしはまた、かくなる上は男らしく竜蔵が綾殿を娶《めと》ると言い出すかと思いましたが、やはりあなたは煮え切らぬ唐変木《とうへんぼく》でございました」

「母上、それは口が過ぎましょう」

「唐変木だから唐変木だと言っただけです。神田殿は気にくわぬ奴だから綾殿に嫁いでもらいたくはない。だからといって自分がもらい受ける気もない。峡竜蔵の心底、よくわかりました。神田殿からのお申し出を綾殿にお伝えする前に、あなたの存念を伺っておこうかと思ったのですがやはり詮《せん》ないことでした」

志津にきっぱりと言われて竜蔵は言葉を失った。

「これで神田殿のお申し出を綾殿に伝えられます。ご足労をかけましたね……」

竜蔵に託されてからは娘のように思って大事にしてきた綾を、他ならぬ竜蔵に粗末にされた気がして、志津は機嫌が悪かった。

自分の言い付けを聞き入れぬ息子に見せてきた恐ろしい鬼の形相《ぎょうそう》で一瞬竜蔵を睨《にら》みつけた後、志津は綾に件《くだん》の話を伝えに立った。

一人残された竜蔵は、母親を怒らせてしまった子供のごとく、何やらとんでもないことをしでかした心地がして、胸を締めつけられ、

「あの野郎、かえすがえすも余計なことをしやがって……」

その怒りは神田裕司郎にばかり向けられていた。

四

いくつになっても男というものは、母親からの叱責《しっせき》は応《こた》える。

何となく心の内で引っかかっている晴れぬ想いを気付かれたとしても、その相手が男ならばまあそっとしておこうか、武士は相身互《あいみたが》いではないか――との心から見て見ぬふりをしてくれるものだ。

しかし、現実を直視する心の強さを持つ女はそれを看過することが出来ず、ずばりと核心を衝いてくる。

女の自分でさえそう思うのだ。ましてや男のお前がそんなことでどうするのだ――。

そのように考えるのであろうが、男というものは存外に気が小さいという真実を世の女達は今ひとつわかっていない。それが身内で、息子となれば遠慮のいらない分母親の叱責は厳しくなるのだ。

祖父・中原大樹も母・志津も、竜蔵が妻を迎える日を待ち望んでいた。

そして、同じく剣客の父を持ち、子供の頃から気心が知れている綾は竜蔵の嫁にぴたりと当てはまる。

その器量もなかなかのものであるというのに、竜蔵は何ゆえにその気にならないのか――そんな苛々《いらいら》がここにきて爆発した形となった。

志津の気持ちはわからぬではないが、まだ童女の頃から知っている綾なのである。

「女として見られるわけがないではないか……」

そうは思うものの、綾もとっくに二十歳を過ぎた。

まだ独り身を通しているのは、学問所での暮らしが楽しいからだと言いながら、嫁ぐのであれば峡竜蔵であるべきだ――。

そのように思ってくれているのかもしれないと、竜蔵自身気になる時もある。

彼とてただがさつで、女の気持ちなどまるで顧みない唐変木でもなかったのだ。どこかではっきりしないといけないのであろうが、そんな風に考えて、自惚《うぬぼ》れていると思われるのも片腹痛いではないか――。

　そうこうしているうちに時がたった。時がたつのは真に早い。

「綾坊も嫁に行くならとっとと行きゃあいいんだよう……」

　竜蔵は志津の叱責を受けてからの数日、時折拗《す》ねたような言葉を呟《つぶや》いた。

　そんなことはどうでもいい。今は来たる大仕合に勝つことが大事なのだ。そのように気持ちを切り換えようとしても、勝たねばならぬ相手が綾に求婚をしている神田裕司郎となれば、また母の叱責が蘇《よみがえ》ってくる。

　綾が嫁ぐのは仕方がないが、あの男が我がもの顔で出村町に出入りする姿を思うと、何とも不愉快であった。

　あれから志津は神田裕司郎からの求婚を、綾に伝えたはずである。

　いたたまれなくなり、逃げるように三田二丁目へと戻ってきたが、志津からも綾からもその後便りはない。

　うつうつとする竜蔵の様子を、内弟子として共に暮らす雷太が気遣って、

「先生、神田というお方はそんなに強いのでございまするか」

　朝餉《あさげ》の折に恐る恐る訊ねたものだ。

十二歳の雷太には、大人の事情などわかるはずもない。ただ、師のこのところの仏頂面は、強敵に対しての策を日々練っている緊張の顕《あらわ》れと映ったようだ。

幼なくして天涯孤独の身になって、人の顔色を見て暮らした過去を持つ雷太には、肉親以上の存在である師の屈託が案じられたのであろう。

雷太に問われ、それが女を巡ることだとも言えず、

「うむ、神田は確かに強い。だがおれはそんなことで気を張りつめているわけではないのだ。一瞬の気の緩みが仕合では命取りになる。時折、心の用意はできているのか自分に問うているのだよ……」

と応えて雷太を感服させたものの、正しく〝子供だまし〟だと幼ない弟子に気の迷いを衝かれた身を恥じた。

師になるということは、どんな時にでも気を抜けぬものかと、上にいる者の孤独を覚えながら、

「うん、雷太、美味《うま》いぞ……」

竜蔵は己が弱味を糊塗《こと》すべく朝餉の膳を誉めた。

このところ雷太の料理の腕は剣と共に上がっていて、今朝は昨日の冷飯を使って芋《いも》粥《がゆ》を作ったのだが、これが腹持ちもよく食べやすく真に美味いのだ。

「それはようございました」

食事をすませると、嬉しそうな雷太に見送られ、竜蔵は逃げるように道場を出て芝愛宕下に長沼正兵衛を訪ねた。

正兵衛は、直心影流八代的伝の長沼四郎左衛門の師範代を務めた長沼活然斎の息子である。

活然斎は、竜蔵の師で十代的伝・藤川弥司郎右衛門の兄弟子にあたり、九代的伝の名だたる剣客であった。

その剣を受け継ぐ正兵衛もまた剣名知れ渡り、彼の道場には指南を請う者が引きも切らなかった。

峡竜蔵もまた、時折稽古をつけてもらいに愛宕下を訪れる一人であるが、大仕合を控えて、これに出ることが決まった剣士達もこのところは日参しているようだ。

赤石郡司兵衛によって報《しら》された大仕合出場の剣士は十名――。

峡竜蔵、神田裕司郎の他には、藤川道場から平岩勘右衛門《ひらいわかんえもん》、長沼道場から平井《ひらい》善六《ぜんろく》、鈴木《すずき》弥《や》藤次《とうじ》門下から浜嶋次郎兵衛《はまじまじろべえ》、河崎直右衛門《かわさきなおえもん》門下から山崎三右衛門《やまざきさんえもん》といった、いずれも三十絡みで進境著しい剣士達が選ばれていた。

後に剣名をあげる井上伝兵衛《いのうえでんべえ》、酒井良佑《さかいりょうすけ》といった剣客はこの頃はまだ弱年で、出場叶《かな》わぬ身であった。

大仕合で対する九人は気の抜けぬ者ばかりであったが、神田裕司郎を除いてはかつて何度か稽古をしてことごとく打ち負かしてきた竜蔵であった。

長い間竹刀を交えたことのない神田裕司郎の剣を一度は見ておきたかったが、敵情視察に出向くなどは何とも浅ましく思えて、神田の剣は無視してきた。

それは裕司郎の方も同じ想いのようで、出村町に近付いても、三田二丁目に足を運んでくることはなかった。

ところがこの日。

両雄は長沼道場でばったり顔を合わせた。

正兵衛に稽古を願いに行くと、ちょうど裕司郎が一足先に願い出ていたのだ。

すれ違いに顔を合わせた二人は正兵衛の前のこととて会釈を交すに終ったが、これによって竜蔵は自分の番を待つ間、神田裕司郎が長沼正兵衛に稽古をつけてもらっている様子を見る間を得た。

上の者に稽古をつけてもらう時は、休みなく気合を込めてかかっていくのが礼儀である。

峡竜蔵と神田裕司郎は、互いに長沼正兵衛にかかっていく姿を見ることで、相手の剣の変わり様を確かめ合った。

そして稽古が終わると、さすがに黙って別れるわけにもいかぬと思ったか、真に如才なく、神田裕司郎の方から竜蔵に声をかけてきた。

「久しぶりでござったな……」

「おぬしも息災で何よりだな……」

少し前ならば喧嘩腰で応えた竜蔵であるが、今はこれくらいの受け応えが出来るようになった。

「先だっては、おぬしのお母上に無理を申した。容赦願いたい」

これに神田裕司郎はほっとしたのか、あの出村町の一件を竜蔵に詫びた。

「いや、おれに詫びることはないが、六年ぶりに江戸へ戻ってきて、いきなり綾を妻にしたいなどと、おぬしもおかしな男だな」

竜蔵はあえて綾を己が妹のように呼び捨てにして、貫禄《かんろく》を湛えて言った。

「綾殿を妻に望むのはおかしなことかな……」

神田裕司郎は首を傾げて見せた。

竜蔵の前では〝綾ちゃん〟と呼ばぬところを見ると、裕司郎は綾については竜蔵に一目《いちもく》置いているようである。

「某は好い女子《おなご》だと思うが……」

「それはそうだが、六年ぶりに戻って来ていきなり嫁に望むとは……」

「当り前のことだ。某は随分と前から綾殿には目を付けていた。だが、綾殿はおぬしの許婚なのだと思っていた」

「許婚……？」

「ところがそれは某の思い違いで、戻ってみれば綾殿は未《いま》だに独り身だと申すではないか。これは何がさて、他所《よそ》から申し込みがくる前に手を打たねばならぬ……。そのように思うたのでござる」

「なるほど、左様か……」

「何かおかしなことでもござるか……」

おかしなのは、この何年もの間、綾を嫁にと望まなかった竜蔵の方だと言わんばかりの目を裕司郎は向けてきた。

そう言われてみると竜蔵には返す言葉もなく、綾を嫁に望む裕司郎をこきおろすことも出来なくなった。

「まあ、人というものには縁というものがあるゆえにな……」

竜蔵は言葉を濁すしかなかった。

「うむ、それはおぬしの言う通りだ。おぬしの妻になるだろうと思っていた綾殿が、某の妻になるやもしれぬし、また、思いもかけぬ者に嫁ぐやもしれぬ……」

それに対して裕司郎はしかつめらしく頷《うなず》いて見せた。

裕司郎の言うことは間違ってはいないのだが、

――どうもこいつと話しているといらいらする。

「それで、綾からの返事は……」

話を切り上げようと肝心の知りたいことだけを問うた。

「いや、それがまだ返事はもらっておらぬのだ」

「左様か……」

「おぬしからもよしなに……」

――誰が勧めるか。

竜蔵はほっとした想いの中、その言葉を呑《の》み込んで、

「まずそのような話は仕合がすんでのことと致そう」

と静かに応えた。

「神田殿と今日はお手合せ願いたいが、それは仕合の日の楽しみにとっておこう……」

「それは申される通りでござるな。今おぬしと立合って打ち負かされれば、気合が萎《な》えてしまいましょう」

そうして竜蔵は神田裕司郎と別れた。

——打ち負かされれば気合が萎えるだと。心にもないことを言いやがって。

長沼道場を辞した後、三田二丁目への帰り道——竜蔵は今日見た神田裕司郎の巧みな竹刀捌きを思い出していた。

かかる相手が当代一流の剣客・長沼正兵衛であるゆえ、なかなか彼の打突《だとつ》が決まりはしなかったものの、

——武者修行中、奴の剣は無敵を誇ったであろうな。

と、竜蔵は推察した。

柔かな手首のしなり。舞うような足捌き。それが相俟《あいま》って、どのような間合からでも、体勢からでも神田裕司郎は技を繰り出すことが出来る。

面、籠手《こて》をつけての仕合となれば、手数が多ければその方が有利である。

——その点で奴はおれより仕合での勝ち目がある。

竜蔵の心の内は落ち着かなかった。

しかしその原因は、来たるべき神田との一戦に対する緊張よりも、綾が彼に対して

何と返事をするか――困ったことにその方が大きかった。

綾が望むならそれも仕方のないことである。

とはいえ、気の合わぬ神田裕司郎の妻になれば、もう綾と言葉を交す機会もなくなるであろう。

それがどうにもおもしろくないのである。

――まったく、嫌な野郎が帰って来やがったぜ。

竜蔵は今自分を襲う屈託の原因をすべて神田裕司郎のせいにして気を抑えようとしたが、半年ほど前四年ぶりに再会した〝妹分〟のお辰に、

「先生は妹だと思っていても、常磐津《ときわず》のお師匠のお才さんも、出村町にいるという綾さんも、峡竜蔵を兄だなどと本当は思っちゃあいませんよ。妹でいるなんてつまらない。でも住んでいる世界が違うから、一緒になれる人じゃあないと思うから、みんな妹でいることに辛抱しているんですよう……」

などと詰《なじ》るように言われたことが思い出されて胸が痛んだ。

剣を追い求めていく自分に妻子などは無用のものだと思ってきた。

自分の剣は弟子達が継いでいってくれることであろう。子供がいなくても、日々剣で心が繋《つな》がる雷太のような内弟子がいればそれでよいではないか――。

だが、男である峡竜蔵の生き方に歩調を合わせることに幸せを覚え、知らず知らずのうちに女の幸せを忘れてしまう者とているやもしれぬ。

それがお才であり綾であるとしたら、この二人にどうやって詫びればよいのであろう。

せめて何《いず》れかと所帯を持ち、男・峡竜蔵の生き方をはっきり決めねばならぬのではないだろうか。

とは言っても、今となってはこんなことを考えている竜蔵を、

「何を今さら……」

と二人は笑うかもしれない。

――困った。

剣の迷い以前に、恋の迷いが頭をよぎる峡竜蔵三十三歳の冬であった。

五

刻々と時は過ぎていった。

何か大きな目標がある折、時がたつのは特に早い。

「だが刻の長さは変わりはしねえ。公方《くぼう》様でも与太者でも、そいつは同じだ。じたば

たするんじゃねえや」

峡竜蔵の亡父・虎蔵はそう言いつつ、大事を控えると大酒を喰《くら》ったものだ。

そして心を安らかにして策を練っていた。

竜蔵も飲みつつ神田裕司郎をいかに倒すか考えた。

――神田の強みは手数の多さと、間の取り方のうまさだ。

普通の剣士ならば練達の士に三段続けて打てば大した技量だと賞されるであろう。

だが奴は、四段五段……打ち出すと止まらない苛《か》烈《れつ》な攻めがある。

その攻撃がひとまず収まり、遠い間合で対峙《たいじ》する――その時、相手は新たに間を取って、まず状況を落ち着けてから自分の攻勢の機を窺うであろう。

ところが、まさか飛び込んでこられるはずもない遠い間合から、連続打ちをかわしてほっと一息つく相手めがけていきなり大技を繰り出す――。

――神田はそれで勝ち続けてきたのに違いない。

そう分析した竜蔵は、門人の神森新吾と津川壮介を同時に相手をして稽古を積んだ。

進境著しい新吾は連続打ちに長《た》けていたし、壮介の跳躍力にも定評があった。

新吾が打ち込み、これを受ける竜蔵の隙《すき》を窺いつつ、壮介が飛び込んで技を繰り出すのだ。

竹刀での稽古である。

思い切りがつくゆえに、何度ともなく竜蔵は無心に飛び込んでくる壮介の技をくらった。

新吾の激しい打ち込みをかわすと、思わず間合を切った時に隙が生まれるのであった。

「う〜む、強くなりやがって……」

竜蔵は愛弟子《まな》の上達ぶりを喜びながらも、気持ちとは裏腹にじたばたした。

何よりも厄介なのは、神田裕司郎を仮想すると、彼が綾にしたという求婚が、どのような結末を迎えたのか——。

やはりそのことが頭をよぎるのである。

敵は奴の剣術にあらず、奴が醸《かも》す幻術だ。

未だ出村町からは何も言ってはこない。

雷太の身の回りのことを調えに時折やって来る綾も、相変わらずとんと顔を見せない。

大仕合を控えた息子にするべき話ではないと母・志津は思っているのかもしれないが、気になって仕方がなく、竜蔵の集中力を大いに乱していた。

剣術道場の師範である自分が、日頃妹分として親しみ、遠慮のない言葉をかけている森原綾のことで気を病んでいるなどとは滅多と口に出来ぬ峡竜蔵であった。

こんなところでも、近頃は上に立つ者の孤独を思い知らされていた。

しかし、こういう時に頼りになるのが軍師・竹中庄太夫である。

「先生、緑からこんな話を聞きましてござります……」

竜蔵の胸の内などすべてお見通しであると言わんばかりに、出村町の噂話を仕入れてきてくれたのだ。

中原大樹の学問所がある住まいには、綾の他に竹中庄太夫の娘・緑が寄宿している。

緑もまた、今年の春に左右田平三郎という中原大樹の国学の弟子に求婚され、これが竹中庄太夫と平三郎の立合に発展する騒ぎとなったのだが、この話を初めに竜蔵に伝えたのは綾であった。

今度はその綾に縁談が持ちあがったのであるから、随分と緑もおもしろがったようで、

「緑、このところ出村町で何か変わったことが起こってはおらぬか……」

との父・庄太夫からの問いかけに嬉々《きき》として応えたのである。

さすがは庄太夫である。竜蔵に気の迷いを見出《みいだ》して、これは出村町に何かがあった

のではなかろうかと、まず緑に問い合わせたのだ。

それによると——。

神田裕司郎からの話を志津から告げられた綾は、

「あの時の緑さんの気持ちがよくわかります……」

ぽつりと言うと、六年の武者修行の間、自分を想ってくれた御人を邪険に扱うことはできない。

とはいえ——。

「わたくしも、藤川先生の師範代を務めた森原太兵衛の娘でございます。夫になるお方は強い殿御と心に決めておりました。聞くところによりますと、神田様は近々大きな仕合にお出になるとのこと。まずそれに勝たれてからお話し下されたいと存じます……」

まったく緑が平三郎に言ったのと同じような応えをしたそうな。

「そうか、ということは返事はしていないものの、綾坊は満更《まんざら》でもないのか……」

話を聞いて竜蔵は少し複雑な表情を浮かべたが、

「満更でもない？　綾殿は神田殿にまるで心がないと思われますが」

庄太夫は事も無げに言った。

「そうなのかな」

「無論でござりまする。大仕合に勝ってからの話だと申されたのは体よく断ったということです」

「ほう……」

「だいいち峡竜蔵が神田裕司郎に負けるはずがない……」

「それはそのつもりだが……」

「わたくしは神田殿の許へなど参りませぬ。きっと大仕合には勝って下さりますよう……。これが綾殿の先生への気持ちかと存じまする」

庄太夫はきっぱりと言いきった。

長く峡竜蔵と共に歩み、常磐津の師匠・お才共々、庄太夫にとって竜蔵の妹分は身内のような存在となっている。

生きている境遇にそれぞれの理由があり、峡竜蔵がお才とも綾ともこの先どのようにかかわっていくかは知らねども、綾が神田の許へなど嫁いでよいものかと庄太夫も思っているのだ。

もちろん娘・緑の口を通じて、竜蔵が綾の縁談を気に病んで稽古に障《さわ》りまで出ていると、綾に伝わるようにはかったのである。

「うむ、ああ、綾坊はそうなのか。神田をそれほど気に入っていなかったのか……。はッ、はッ、あの女もそんなことを言っていると、いつまでたっても嫁に行けぬな……」

竜蔵は内心の快哉《かいさい》を抑えて笑いでその場を取り繕《つくろ》った。

――まったくなんと愛敬《あいきよう》のある男であろうか。

少年のようなわかり易い仕草で笑いを噛《か》み殺す竜蔵を見て、庄太夫はえも言われぬ安らぎを覚えた。

「して、先生、神田殿に勝つ秘策は見つかりましたか」

庄太夫は峡竜蔵を乗せるのがうまい。勢いづいた時の竜蔵が頭に思い浮かべる戦法が特に冴《さ》えることもよくわかっている。

「秘策というほどのものではないのだが……。あれこれ考えずにじっくりと相手の動きをまず見ること……。それはわかっているんだよ……」

庄太夫が思った通り、竜蔵の鼻息は荒くなり、庄太夫に真《ま》っ直《す》ぐな目を向けた。

そして竜蔵ははたとあることに思い当った。

「秘策か……。庄さん、いいことを思いついたよ。やはり困った時は庄さん頼みだな……」

「わたしには何が何やらわかりませんが、思えば秘策も何も、先生が負けるわけがありません」

庄太夫は顔を皺《しわ》だらけにしてこれに応えた。

「まずは一杯いくかい？」

「よろしゅうござりますな」

「秘策について語ろうじゃないか」

「さて、何を思いつかれたのです」

「庄さんの技を盗むつもりさ」

「わたしの技？　また戯《ざ》れ言《ごと》を申されますな」

「戯れ言なんかじゃねえよ」

「ということは、〝秘剣蚊蜻蛉《かとんぼ》〟ですかな」

「そんなところだ」

「ふッ、ふッ、では伝授いたしましょうかな」

「はッ、はッ、頼むよ庄さん……」

六

かくして文化元年（一八〇四）の十二月八日。

下谷長者町の藤川道場にて、直心影流第十一代的伝・赤石郡司兵衛の肝煎《きもいり》による大仕合がいかめしく取り行われた。

長沼家の正流・長沼四郎左衛門、その長沼道場の師範代で斎藤姓から長沼姓を許された長沼活然斎の系流を継ぐ長沼正兵衛。藤川弥司郎右衛門の孫で弱年ながら藤川派を継ぐ藤川弥八郎、そして次期的伝と目される団野源之進達、直心影流の重鎮が見守る中、十人の剣士達の熱戦が繰り広げられた。

まず、籤《くじ》によって一人二仕合ずつ行い、これを見た師範達が赤石郡司兵衛を中心にして合議を行い、二仕合の勝敗にかかわらず剣技優秀なる者を四名選ぶ。

そしてこの四名総当りの仕合によって勝者を決めることになる。

仕合は竹刀を使用、防具着用の上で一本勝負とする。

峡竜蔵は、平岩勘右衛門、浜嶋次郎兵衛と対戦して、いずれも開始早々に鮮やかな一技を決め圧勝した。

だが、場内を大いに沸かせたのは、やはり神田裕司郎であった。

流麗な竹刀捌きは見る者の目を引きつけ感嘆させた。

彼もまた初めの二仕合をあっという間に完勝した。

二仕合とも次々に繰り出す技で攻め続けての勝利であった。

「ふッ、ふッ、これは木戸銭を取って見せれば大当りだな……」

これを見た竜蔵は思わずそんな言葉を隣に座す平岩勘右衛門に投げかけ慌てて口を噤《つぐ》んだ。

背後から失笑が聞こえたからである。

恐る恐る振り返ると、竜蔵の後方で陣床几《じんしょうぎ》に腰をかけ観戦していた団野源之進が口許を綻《ほころ》ばせていた。

――正しくおぬしの申す通りだ。

その目は竜蔵にそう語りかけていた。

源之進もまた竜蔵と同じく、あれだけ手数を出せば見世物になるであろうと見ていたようだ。

竜蔵はニヤリとして会釈を返し、また仕合の様子に目を向けた。

彼の気力は真に充実していた。

物見遊山《ものみゆさん》に出かけた所で、思わず大道芸に目を奪われた――そんな余裕を見せていることが何よりの顕れであった。

今日、三田二丁目の道場を竹中庄太夫、神森新吾を伴って出る折、少し前から大仕合出場を聞いて、

「そりゃあ竜さん、お前の剣名を世の中に響かせるまたとない機会じゃあないか。しっかりと勝っておいでな……」

などと我が事のように意気上がっていたお才が、門口《かどぐち》で切り火をして送り出してくれた。

大目付・佐原信濃守の娘であるとわかった今も、お才の婀娜《あだ》な姿は変わらない。

「どうでえお才、そっと仕合が見られるようにはかってやろうか……」

そういえば斬り合いや喧嘩の他は、今まで一度も竜蔵が仕合をしたり、名のある剣客と立合う姿を見たことのないお才であった。

「むさ苦しい男達が寄り集まる所なんかに行きたかありませんよ」

「そうだろうな」

「でもねえ、これに勝てば団野とかいうお偉い先生とまた仕合をするんだろう」

「ああ、そういうことだ」

「その仕合を見てみたいねえ……」

竜蔵の誘いに、お才はうっとりとしてこう応えたものだ。

思えばお才が送り出してくれた喧嘩で負けたことのない竜蔵である。必ず仕合に勝って団野源之進との仕合を見せておくれと気持ちを込めたお才の切り火が、竜蔵をどれほど鼓舞《こぶ》させたことか知れぬ――。

――福の神のお才のことだ。こいつは縁起が好いや。

実は源之進との仕合を見たいというこの時のお才の心の内にはある決意があった。

竜蔵にはそれを知る由もなかったが、今の彼の平常心は綾とお才、妹分二人の想いによって保たれているのは確かであった。

予想通り、師範達は総当りの仕合に進出する四人の内に、峡竜蔵と神田裕司郎を選出した。他に選ばれたのは平井善六、山崎三右衛門であった。

赤石郡司兵衛はなんとここでいきなり、峡、神田に仕合を命じた。事実上の大仕合勝者を決める勝負に道場内にはどよめきがおこった。

竜蔵は早く勝負を決められるならその方がせいせいしてよいとばかりに、にこやかに面を被《かぶ》った。

何度も命をかけた真剣勝負に臨んできたのである。竜蔵の表情に緊張の色など微塵《みじん》も出ていなかった。

神田裕司郎はというと、こちらも真に涼やかに見所に一礼をして面を着けたが、その手は幽《かす》かに震えていた。

何としても勝たねばならぬという想いが武者震いとなって顕れたのだが、神田裕司郎の心は峡竜蔵に勝った後の団野源之進との仕合に向けられていた。

それゆえに、じっと自分に向けられる源之進の目差《まなざし》が何とも気になっていた。人からどのように見られているか——それが気になる性分が神田裕司郎の弱点であった。

これに対して峡竜蔵は今改めて己が心に言い聞かせていた。

剣の道は、他人が己をどう思うかではない。己が己の剣をどう思うかに尽きる。己が満足できる剣を求め、俠気《きょうき》を持って生きるのだ……。

二人は稽古場の中央に出て相対《あいたい》した。

「始め!」

赤石郡司兵衛の声が響き渡った。

それと共に、裂帛《れっぱく》の気合に乗せられた、神田裕司郎の連続打ちが峡竜蔵を襲った。

小手から面、さらに面、小手、逆胴を打つと見せかけまた面に飛ぶ。

正しく神がかりと言える竹刀捌きであった。

だがこれは予《あらかじ》め想定していた攻めである。竜蔵は落ち着いて竹刀で右に左に受け流して間合を切った。

そこに裕司郎は勝負をかけているはずだ。間合を切ってほっと一息つく竜蔵めがけて、信じられない遠い間合から打ち込む——。彼はその攻撃の組み立てをまだ今日は一度も見せていなかった。

峡竜蔵との一戦にこれを温存していたのであるが、どうせその一戦は最後になるであろうと思っていたゆえに、意外や初めの仕合で当ることになり、裕司郎はやや調子が狂っていた。

僅《わず》かにずらそうとした間合が逆にぎこちないものになったのだ。

竜蔵はすっと前へ出た。ほっと一息つく様子を見せたが、実は竜蔵——裕司郎の技を受けつつ、絶えず前に出る間を計っていたのである。

神田裕司郎とて、打って出る刹那《せつな》に体の動きが一瞬落ち着く。それならばこちらもそこに勝機があると思ったのだ。

竜蔵は連打を受けて体勢を崩したが、それは竹中庄太夫の〝秘剣蚊蜻蛉〟に思いを馳《は》せて意図的にそうしたものであった。

「えい……！」

裕司郎はぐっと左足に力を溜めて跳躍の機を窺ったが、その直前に突《つ》き垂《だれ》に竜蔵の突き技を喰っていた。

「ま、まさか……」

実に緩慢な動きに見えた竜蔵の突き技であるが、彼の竹刀は神田裕司郎との最短の間合を潜《くぐ》り抜け真に見事に喉を捉《とら》えたのである。

自分を追い込み、構えた剣の向こうに軍神の姿を見た峡竜蔵の間合を、たかが竹刀の連打で打ち崩すことなど出来るものではない。

竜蔵はそもそも神田裕司郎など眼中になかった。が、何よりも恐れたのは竹刀による仕合では突発的に変調がおこりえることであった。

仕合場の床の形状、己が体調、心の病……。どのような要因に端を発し、相手の竹刀が自分に触れるかもしれない〝魔〟を恐れたのである。

「それまで」

赤石郡司兵衛は静かに仕合の終了を告げた。

あまりにも呆気《あっけ》ない結末に、一瞬何がおこったのかと、仕合を見ていた剣士達はぽかんとした表情を浮かべたが、竜蔵の竹刀がぴたりと神田裕司郎の突き垂を押さえているのを確かめると一様にどよめいた。

その中にあって、今日の観戦を許された竹中庄太夫と神森新吾の目から熱いものがこぼれ落ちた。

――見ろ！　これが我らの御師匠なのだぞ。畏《おそ》れ入ったか！

叫びたい思いを堪《こら》えるとそれだけ涙は出るものだ。二人ともに涙にぼやけて見える峡竜蔵をただただ目で追った。

がっくりと肩を落とす神田裕司郎に対して、悠然として見所に一礼をする峡竜蔵の姿は正しく軍神そのものであった。

じっと仕合に見入っていた団野源之進は、満足そうに頷くと陣床几から立ち上がった。

その後、竜蔵は難なく後の二仕合も制したが、その時にはすでに源之進の姿は消えていた。

それゆえに、峡竜蔵とは対照的に残り二仕合もまったく精彩なく敗れてしまった神田裕司郎の様子を源之進は知らずにいた。しかし、そんなことなどもはや彼にとっては取るに足らぬ結果であったのだ。

七

翌日の午後。

峡竜蔵は下谷車坂へ、赤石郡司兵衛へ挨拶に出かけた。

大仕合の後は行きつけの居酒屋〝ごんた〟で門人達と遅くまで祝勝の宴に酔った竜蔵であったが、ちょっとやそっとの酒で宿酔《ふつかよい》をすることはない。

むしろ酒が体全体の血色を美しくして、実に彼を威風堂々たる様子に見せていた。

「ふッ、ふッ、竜蔵、おぬしには見事に打ち負かされたな……」

郡司兵衛は竜蔵を迎えるや、道場内の己が居室に通して何とも嬉しそうに言ったものだ。

「赤石先生を打ち負かしたわけではござりませぬ」

「いや、お前に勝たせまいと、神田を鍛えたつもりであったが、いともた易く負けてしもうては、これはおれの負けだよ。だが、敗れてなお心地がよい」

「それは何より嬉しゅうござりまする」

「神田裕司郎はまた旅に出た……」

「左様でござりまするか。じっくりと赤石先生の教えを請《こ》えばよいものを」

「忙しゅうにしている方が落ち着く……。あ奴はそういう性分なのであろう」

「なるほど……。それは彼《か》の者の剣に同じでござりまするな」

「まったくだ。手数ばかりが多うて、岩をも打ち砕く重味がない……」

郡司兵衛は一瞬顔をしかめたが、

「だが、見世物にすればこれほどおもしろいものはなかろうがな」

仕合場で思わず竜蔵が口走った言葉を持ち出すと、からからと笑った。

「団野先生からお聞きになったのですか」

今度は竜蔵が顔をしかめた。

「うむ、源之進が申しておった。峡竜蔵はどのような時でも峡竜蔵であるのが好いとな」

「いつでも馬鹿ということでござりましょう」

「いや、馬鹿も極めれば名人だ。団野源之進ほどの男がただの馬鹿を相手に仕合を望まぬ」

「喜んで好いのやら……」

「誉めておるのだよ。峡竜蔵と団野源之進の仕合は年が明けて、花の咲く頃に致そうか」

「昨日のお前の仕合を見れば、すぐにでもと言いたいところではあるが、団野源之進との仕合となれば、この赤石郡司兵衛もあれこれ思うところがあるゆえに刻がいる……」

「先生の思うところ……と申されまするると？」

「ふッ、ふッ、まあよい。昨日は真に天晴《あっぱ》れであった。好い仕合を見せてもろうたこれはほんの礼じゃ」

郡司兵衛は竜蔵の問いには応えず、大仕合の報奨の十両とは別に五両の金子《きんす》を与えた。

「先生……。それは……」

「好い、まだまだ三田二丁目の稽古場もやりくりがむつかしかろう。収めておけ……」

郡司兵衛は出した物は引っ込めぬぞとばかりに立ち上がり、竜蔵に金子を収めさせると、

「いつでも稽古に来い。待っているぞ。ふッ、ふッ、今のおぬしの姿を虎蔵殿に見せてさしあげたかったものだ……」

「畏まりました」

ほのぼのとした笑顔を残して稽古場へと戻ってしまった。

「忝うございまする……」

偉大なる兄弟子の後ろ姿を平伏して上目遣いに見送ると、竜蔵は赤石道場を出た。

峡竜蔵の姿を見ると、

「厄介な奴が来たぞ……」

今までは一様に赤石道場の門人達は顔をしかめたものだが、この日は誰もが恭々《うやうや》しく礼をして、竜蔵と一度でも手合せをした者達は真に誇らしそうな表情を満面に湛えた。

——乱暴者でも道を極めれば敬まわれるか。

それは努力を認められたことに他ならないが、竜蔵にしてみれば喧嘩に明け暮れていた時の自分も今の自分も変わっていないのだ。

「おう、お前ら今度また叩き伏せてやるから、楽しみにしていろよ……」

竜蔵はどうもおもしろくなく、こんな言葉で顔見知りの門人達を脅しながら表へと出た。

すると、竜蔵を、

「おい待てよ、おれに何か一声かけていかぬか……」

沢村直人が呼び止めて出て来た。

「何だ、沢村か……」

「何だとは何だ。仕合に勝っていい気になっているのではないか」

理屈が多く世渡りが上手《うま》いこの男とは反りが合わず、何かというといがみ合ってきたが、今この場で聞く沢村の憎まれ口はどこか懐かしく思われた。

「ふッ、ふッ……」

竜蔵の口から思わず笑い声が洩れた。

「何を笑う」

「お前が頭にくる野郎だってことはずうっと前からわかっちゃあいるが、今日はやけにお前の方から絡んでくるんだなと思ってよう」

「お前が絡んでこぬゆえに、おれから絡んでやったのだよ」

「そうか、そいつはすまなかったな。沢村の前を素通りしたつもりはなかったんだが……」

「この前、神田裕司郎が戻ってくることを教えてやったのは誰だ」

「そういやあお前だったな。それでお前は、おれが奴の竹刀捌きにしてやられる様子を見るのが楽しみだと吐《ぬ》かしやがったが、どうだ沢村、畏れ入ったか」

「ああ、お前は大したもんだよ……」

「何でえ、やけに素直じゃあねえか」

「おれは峡竜蔵など大嫌いだ、唐変木で暴れ者で、めでたいことこの上ない……。だがな、この沢村直人を何かというとやり込めたお前が誰よりも強い剣客であったとなれば、それも少しは救われる」

「はッ、はッ、お前らしい物の言いようだな。仕合に勝ったからって、おれは何も変わっちゃあいねえ、またぶちのめしてやるからありがたく思え」

「いや、そんなことはもう出来ぬよ」

「どういうことだ？」

「おれは長崎に行くことになった」

「長崎……？　医者の修業に行くのか」

「ほう、お前もそういうところに気が回るようになったのか」

「馬鹿にするな。だが、そいつは大したもんだな」

「それほど剣術で名も上げられぬのであれば、親の跡を継げと言われてしまったのさ」

「そうか……。お前ほど剣術の腕が立つ医者がいてもよいだろうな」

「まあ、少しは人様の役には立つだろう」

「しっかりと学んで来い。帰ってきたら稽古をつけてやるぜ」

「それももうできぬだろうよ。少なくとも三、四年は長崎で学んで、帰ってきたとて剣術に刻を費やすことは叶わぬであろう」

「そうなのか……、そいつは残念だな……」

「いつかお前も歳をとる。大病を患《わずら》った時はおれが治してやるから、その時はきっちりと頭を下げろよ」

「偉そうな口を利きやがって、もし藪《やぶ》医者だとわかったらまたぶちのめしてやるから覚悟しろ……」

二人はニヤリと笑い合った。

「竜蔵、またひとつお前に教えてやろう。お前と団野先生の仕合だが……」

「何だ……」

「その仕合をもって、次に直心影流の的伝を誰が引き継ぐか決めるらしい」

「まさか……。おい沢村……」

「場合によってはお前が直心影流の大師範となるんだ。この先は先生らしくしろ。まず……、妻を娶るのだな」

「おれが妻を……」

「それが手っ取り早く落ち着いた様子に見える方策だな。竜蔵、さらばだ……」

沢村は言い捨てると、道場の内へと戻っていった。

——去り行く者は追うな。

いつものごとく沢村の言動に苛つきながらも、青き日々の名残が消えてゆくことへ竜蔵は一抹の寂しさを覚えていた。

それにしても——。

——このおれが直心影流の的伝を継ぐに相応《ふさわ》しいだと？　沢村め、どこまでもからかいよって。

落ち着かぬ想いを胸に三田二丁目の道場に戻ると、綾が来ていて拵え場で雷太の稽古着を繕っていた。

「綾坊……。来ていたのかい」

何となく声がかけにくく、ぽつりと言うと、

「どうかしましたか？」

いつもの少しつっかかるような綾の声が返ってきた。

「いや、神田裕司郎について旅に出たかと思ったよ」

何か気の利いたことを言おうとしたが、竜蔵の口からはこんな言葉しか出てこなかった。

「何を言っているのです、馬鹿馬鹿しい……」

もうそんなことなど忘れてしまったとばかりに、綾は神田の名をひとつも口にせず、てきぱきと雷太の稽古着の繕いを済ませた後、拵え場での稽古着の干し方、片付け方がなっていないとあれこれ苦言を呈した。

「大きな仕合を控えているようでしたので、邪魔にならぬよう、ちょっと間をあけたらこの始末です……」

そしてひとしきり小言を終えると、

「ああ、そうでした。忘れておりました……」

綾ははたと思い当って、

「この度は見事勝ち抜かれたとのこと。真におめでとうございます……」

と、今度は一転して嫋《たお》やかな様子となって、呆気にとられる竜蔵の前で三つ指をついた。

本書は、ハルキ文庫（時代小説文庫）の書き下ろしです。

時代小説文庫

お 13-9

大《おお》仕《じ》合《あい》 剣客太平記《けんかくたいへいき》

著者　岡《おか》本《もと》さとる

2014年1月18日第一刷発行

発行者　角川春樹

発行所　株式会社 角川春樹事務所
〒102-0074 東京都千代田区九段南2-1-30 イタリア文化会館

電話　03(3263)5247[編集]　03(3263)5881[営業]

印刷・製本　中央精版印刷株式会社

フォーマット・デザイン＆シンボルマーク　芦澤泰偉

本書の無断複製(コピー、スキャン、デジタル化等)並びに無断複製物の譲渡及び配信は、著作権法上での例外を除き禁じられています。

また、本書を代行業者等の第三者に依頼して複製する行為は、たとえ個人や家庭内の利用であっても一切認められておりません。

定価はカバーに表示してあります。落丁・乱丁はお取り替えいたします。


ISBN978-4-7584-3794-3 C0193

©2014 Satoru Okamoto Printed in Japan

http://www.kadokawaharuki.co.jp/[営業]

fanmail@kadokawaharuki.co.jp[編集]　ご意見・ご感想をお寄せください。

岡本さとるの本

いもうと　剣客太平記

弟子やお才たちと名残の桜を楽しんでいた帰り道、竜蔵は以前窮地を救った女易者のお辰に偶然再会する。ある日、お辰は自分が竜蔵の亡き父・虎蔵の娘であると告白するのだった。周囲が動揺するなか、お辰に危機が——。シリーズ第三弾。

恋わずらい　剣客太平記

川津屋と伊勢屋の娘二人が破落戸《ごろつき》に絡まれていた。そこを偶然通りがかった竜蔵の二番弟子・神森新吾に助けられた娘たちは、揃って一目惚れしてしまう。そんな中、川津屋に迫りつつある危機を知った新吾は、竜蔵と共に奔走する。シリーズ第四弾。

岡本さとるの本

喧嘩名人　剣客太平記

喧嘩の仲裁を頼まれ、誰も傷つけることなく間を取り持った竜蔵。その雄姿に感服した若者・万吉が見世物小屋の親方を通じて、竜蔵に相談を持ち込んできた。喧嘩強者と思われてきた万吉が抱える秘密とは——。竜蔵が真の男の強さを問う！　シリーズ第五弾。

返り討ち　剣客太平記

香具師《やし》の元締・清兵衛は竜蔵の命が狙われているとの噂を聞く。不安を隠せない清兵衛は思わずその旨を竜蔵に伝えてしまうが、動揺は全くみられなかった。忍び寄る影には、竜蔵の亡き父・虎蔵の因縁が深く関わっていて……。シリーズ第六弾。

岡本さとるの本

暗殺剣 剣客太平記

私塾・文武堂の悪事を暴き、その逆恨みから刺客に命を狙われていた竜蔵は、自分への襲撃の余波が周囲へ及ぶのを危惧していた。が、ある日妹分のお才の前に平次郎という男が現れる。竜蔵は平次郎から感じられる軽薄さに胸騒ぎを感じて……。シリーズ第七弾。

十番勝負 剣客太平記

私塾の悪事を暴いて、命を狙われるようになった竜蔵は、なおも送りこまれる刺客をその度ごとに討ち止めていた。しかしその襲撃の余波は、竜蔵と親しい大目付・佐原信濃守にまで及ぶことに。直心影流〝峡派〟の絆と強さを魅せつける一大勝負！ シリーズ第八弾。